全民阅读书香文丛

书海人影

曹培根 ◎ 著

上海科学技术文献出版社

图书在版编目（CIP）数据

书海人影/曹培根著 . —上海: 上海科学技术文献出版社，2018

（全民阅读书香文丛）

ISBN 978-7-5439-7664-1

Ⅰ.① 书… Ⅱ.①曹… Ⅲ.①随笔—作品集—中国—当代 Ⅳ.① I267.1

中国版本图书馆 CIP 数据核字 (2018) 第 152024 号

责任编辑：王倍倍
封面设计：许　菲

书 海 人 影
SHU HAI REN YING
曹培根　著

出版发行：上海科学技术文献出版社
地　　址：上海市长乐路 746 号
邮政编码：200040
经　　销：全国新华书店
印　　刷：昆山市亭林彩印厂有限公司
开　　本：787×1092　1/32
印　　张：8.5
字　　数：150 000
版　　次：2018 年 8 月第 1 版　2018 年 8 月第 1 次印刷
书　　号：ISBN 978-7-5439-7664-1
定　　价：30.00 元
http://www.sstlp.com

序

　　本书是我继《文献史料论丛》(中国文联出版社 1999 年 12 月版)、《书乡漫录》(河北教育出版社 2004 年 12 月版)、《文学书香录》(江苏教育出版社 2014 年 11 月版)之后的专集,选录没收入上述专集的部分近年撰写的文章。

　　第一辑"读书随笔"中,《仲雍与吴文化》是 2015 年 11 月 18 日我在常熟市政协和岐山县政协举办的仲雍学术研讨会上的发言稿。《言偃在儒学文化史上的地位》是我任常熟市政协特邀委员、《南方夫子言偃》(古吴轩出版社 2015 年 11 月版)编写组长时所写的介绍。《翁氏家族廉政文化的启示》发表在《光明日报》2015 年 8 月 19 日"文化遗产"上。《苏州藏书的核心精神是仁人爱物》是苏周刊记者陶冠群访谈文,刊《苏州日报》2014 年 1 月 17 日 B1 ～ B2 版。《祁承爜的〈澹生堂藏书约〉》《孙从添的〈藏书纪要〉》《叶昌炽的〈藏书纪事诗〉》《先秦至明代的苏州私人藏书》《明末清初以来的苏州私人藏书》是"苏州传统藏书文化研究"的部分论文。《张元济与瞿启甲的交往》是 2017 年 10 月 30 日上海图书馆、上海市文史研究馆、商务印书馆为纪念张元济先生诞辰 150 周年与"中华古籍保护计划实施十周年"主办"张元济与中华古籍保护学术研讨会"论文，收入上海图书馆编《上海图书馆藏张元济文献及研究》(上海古籍出版社 2017 年 10 月版)。

第二辑"书评书话"，选录 10 篇书评文章。

第三辑"书前书后"，选录近年部分著作的前言、后记等。《文学书香录》收录《书乡漫录》之后内容涉及常熟文学与文献主题的论文。我与李向东主编的《常熟藏书史》由江苏教育出版社于 2015 年 8 月出版，为我结项的江苏省哲学社会科学基金资助项目《常熟藏书文化研究》(10LSC010)成果之一。《常熟图书馆史》由江苏教育出版社于 2015 年 8 月出版，我与李向东合著完成。《苏州传统藏书文化研究》是我 2015 年结项的国家社会科学基金项目(12BTQ028)，列为 2016 年度国家出版基金资助项目，2017 年 3 月由广陵书社出版。《江苏出版史·清代卷》2016 年 11 月 24 日列为 2016 年江苏省社科基金后期资助立项项目(16HQ028)，2017 年 3 月 1 日列为 2017 年度国家出版基金资助项目。这辑文章大致反映了我近年的研究情况。

本书结集感谢南京大学徐雁教授的关心和帮助，感谢上海科学技术文献出版社领导的帮助，第二编辑部王倍倍编辑精心编校书稿，使本书得以顺利出版。书中存在差错之处，恳请读者不吝教正。

曹培根

戊戌春于常熟

目 录

第三辑 书前书后

第一辑 读书随笔

翁氏家族廉政文化的启示

常熟翁同龢及其家族成员的爱国思想和廉政行为，颇为后人称道，这是翁氏世家在文化思想领域留给后人的精神遗产，是中华民族共同的精神财富。

环境保廉

几千年来，中国文化火种的传播，正是由千千万万个如翁氏家族这样的血脉延续而承载着的。翁氏爱国廉洁世家的形成，既得益于传统的外部大环境的熏陶，又是家族内部小环境营造的结果。

《常熟璇洲里翁氏族谱》载："富贵不足保，惟诗书忠厚之泽可及于无穷。"这些就是翁氏世代相传的祖训。翁氏家训"福禄贵知足，位高贵知止"，强调"知足""知止"。翁氏祖训追求高尚的精神情趣，勉励后人为善绵世、读书振家、知足知止。

　　翁家十分重视家庭教育，并发挥家族人员的言传身教作用。翁氏八世祖母王氏教育子孙："读书当务其大者远者，得一科名不足为重也。""读书为善士，吾子孙也。有不肖，吾死鬼宁绥不来食矣。"王氏首先强调子孙自身的素养和为人，其次才是争取功名。翁同龢姑母许太孺人教育后人："知读书当求在我者，失一科名不足为累也。"翁同龢母亲许氏临终遗言，劝导子孙贤孝，读好书，为善人，做清官。翁同龢1868年4月6日致函兄长翁同爵，互相勉励要"为政廉静"。翁同龢1856年9月18日致函父母表达自己决心："保啬精神为守身之一本，敦崇品学为报国之原。"他回忆：妻子汤松病逝前"垂绝握手，有'为臣当忠，为子当孝'之语"。1871年12月，他致函同辈翁同祐："望诸子、侄，皆读正书，作好人，无坠门户而已。"在1871年11月11日致翁同书孙斌孙的函中写道："第一去一矜字，其次守一静字，敦品力行之，方是吾家好子弟，敬之哉！"1877年1月29日，他又写信要求翁斌孙："著不得半分虚假，此第一等事，科名不足道也。"翁同龢希望后辈翁之缮、翁之循、翁之廉"自立"，"厉志进德修业"。长辈们就是这样教育翁氏后人守道自立，固志励学。翁氏家训代代相传，对家族成员的影响很大。

读书倡廉

读书明理，读书对陶冶情操，提升个人修养和能力素质大有益处。

翁氏为明末以来常熟八大家族之一，翁氏家族耕读而仕，以文入世、经世，成为世家望族。勤奋读书成为翁家世代恪守的祖训，所谓"富贵不足保，惟诗书忠厚之泽可及于无穷"。读书有赖藏书，常熟又是明清以来私家藏书中心地，翁氏受熏陶，逐步建立起家族藏书。

翁氏藏书始于常熟翁氏七世祖翁蕙祥、宪祥、懋祥、应祥、愈祥兄弟，历时400多年10多代，是罕见的藏书世家，有祖孙藏书家、夫妇藏书家、兄弟藏书家。

翁氏继承了虞山派藏书家的藏书开放思想，强调藏书开放、读书用书、读书做人。翁同龢购得书后并非束之高阁、秘不示人，而总是要找合适的机会介绍给朋友，让同好一起鉴赏，共同享受，现存翁氏珍贵的古籍上留有的题记文字便是明证。不仅如此，翁同龢还主动将私人藏书刊刻印刷，使更多的人能够看到。翁氏后人在新中国成立后毅然将珍藏捐赠给国家，为此受到中央人民政府和文化部的奖励。翁氏为读书而藏书，藏书为读书、用书。翁氏终生与书为伴，丹黄未曾离手，所藏之书多经家族成员的校勘、装治，留下许多批校注本以及题跋本。

在翁氏古居"綵衣堂"大厅壁挂有对联："绵世泽莫如为善，振家声还是读书。"这是翁氏祖训，倡导读书振家。这总结了翁氏家族数代人的人生经历，强调读书、用书与为善、立业的关系，强调诸方面的统一。相传翁同龢为瞿氏铁琴铜剑楼题联并书"入我室皆端人正士，升此堂多古画奇书"，强调藏书、读书与端人正士的关系，强调要好读书、读正书、做好人。这种藏书思想或曰藏书精神、藏书文化给后人以启迪，我们今日需要弘扬的正是这种精神。

成员守廉

翁氏耕读起家，科甲鼎盛。翁氏各个时期的家族成员不论地位多高，均能践行家训，自立守操。进则励精图治，治国安邦，关心社稷民生；退则修身养性，达观处世，虑谋有所作为。

翁同龢书用对联"带经锄绿野，留露酿黄花"描述了这种耕读之家。翁氏科第联翩，簪缨不绝。翁氏家族成员为官励精图治，关心民生，清正廉洁，有正气浩然的为政风范。翁氏家族成员大多入祀名宦，特别是翁心存一家，父子入阁拜相，同为帝师，叔侄联魁，状元及第，三子公卿，四世翰苑，如此名门望族的确少见。翁氏各个时期的家族成员不论地位多高，均能践行家训，自立守操，进则励精图治，治国安邦，关心社稷民生；退则修身养性，达观处世，虑谋有所作为。直至今日，翁氏家族成员无论在中国还是在海外，都在各行各业奋发有为，心系祖国，不辱翁门。

环境保廉、读书倡廉、成员守廉，这就是翁氏家族廉政文化给我们的启示。

（刊《光明日报》文化遗产 2015 年 8 月 19 日第 10 版）

仲雍与吴文化

由于先贤仲雍，常熟市与岐山县联系了起来，吴文化与周文化得以交流。这里，谈谈仲雍在中华文明交融发展中的作用、仲雍对吴地政治经济文化的影响。

一、仲雍在中华文明交融发展中的作用

中华文明的两大源泉是长江文明和黄河文明。

长江文明是长江流域各区域文明的总称，有马家浜文化、崧泽文化、良渚文化等。根据"中华文明探源工程"公布的成果和良渚古城的考古发现，良渚文化距今5300—4300年，是中华早期文明的一种重要模式，其丰富的遗存类型和完整的格局、规模，解释了中华文明起源阶段的丰富信息。良渚文化遗址的核心分布区域北至长江，南过杭州湾以南，东靠近沿海，西到太湖的西侧。其外围范围更大一些，北边已接近淮安，南至浙江中部，西边至太湖西部再向西。良渚文化影响的区域以南方为中心兼及北方，北至山东，西至中原，南边到了

广东，大半个中国都受良渚文化的辐射。良渚文明以玉礼器、大型祭坛、城市三个物化形态和神权、王权、古礼三项非物化形态为主要文明特征，区别于一般文明形成的要素和标准，展示了中华文明的独特发展路径。北京大学考古文博学院严文明教授提出，良渚古城的发现"改变了原本以为良渚文化只是一抹文明曙光的认识，标志着良渚文化其实已经进入成熟的史前文明发展阶段。"① 甚至于中山大学、台湾中正大学历史系郭静云教授在《夏商周：从神话到史实》(上海古籍出版社，2013年11月)一书中提出"长江流域是中原文明发祥地"，中国上古文明首先发源于长江流域，然后由南向北传播。②

确实，长江流域的谷物农业影响整个中国，世界上所有古代文明都是在谷物农业发达到一定阶段的基础上发生的，而长江流域是全世界稻米产量最多的地方和人口最集中的地方。稻作文化是长江流域古代文明产生的基础，所以长江流域在古代中国文明的起源和早期发展中有着非常重要的地位，起着重要的作用。

黄河文明在公元前 4000 年至公元前 2000 年之间形

---

① 王广禄：《良渚文化：中华文明的曙光》，《中国社会科学报》2015 年 10 月 16 日第 824 期。

② 郭静云：《中华文明起源新论：长江流域是中原文明发祥地》，《中国社会科学报》2014 年 7 月 14 日 B2 页。

成，历经两千多年，而黄河文明在大交融中逐步进入邦国文明和封建帝国文明的历史阶段。

长江文明和黄河文明等中国各大古代文明交融发展成多源又一体的中华文明。

在中华文明多元一体的发展进程的黄河文明、长江文明交融发展中，太伯、仲雍具有重要的地位和作用。通常在史籍文献中，太伯、仲雍是作为一个整体来记载的，时或以太伯为主，仲雍为从，但是，仲雍在其中恰起着特殊的作用。

一、仲雍促成让国。太伯、仲雍奔吴，开创了吴国的历史。《史记·周本纪》和《吴太伯世家》载太伯、仲雍为让位于其弟季历及其子昌出奔吴地，仲雍起主导作用。《史记·周本纪》记："长子太伯、虞仲知古公欲立季历以传昌，乃二人亡如荆蛮，文身断发，以让季历。古公卒，季历立，是为公季。"[①]《史记·吴太伯世家》载："太王欲立季历以及昌，于是太伯、仲雍二人乃奔荆蛮，文身断发，示不可用，以避季历。季历果立，是为王季。"[②]而太伯是由于采纳仲雍的意见，才辞让君位的。据西汉韩婴撰《韩诗外传》卷十记："大王亶甫有子曰太伯、仲雍、季历。历有子曰昌。太伯知

---

① 司马迁：《史记》，中华书局 1959 年第 1 版，第 115—116 页。

② 司马迁：《史记》，中华书局 1959 年第 1 版，第 1145 页。

大王贤昌而欲季为后也，太伯去之吴。大王将死，谓曰：'我死，汝往让两兄，彼既不来，汝有义而安。'大王薨，季之吴告伯、仲，伯、仲从季而归。群臣欲伯之立季，季又让。伯谓仲曰：'今群臣欲我立季，季又让，何以处之？'仲曰：'刑有所谓矣，要于扶微者。可以立季。'季遂立而养文王。"① 在太伯犹疑之际，仲雍促使太伯下决心辞让君位，体现仲雍从大局处事的政治智慧和远见卓识。

二、仲雍随俗治国。太伯、仲雍奔吴，入乡随俗，治理吴国。《左传·哀公七年》载："太宰嚭召季康子，康子使子贡辞。太宰嚭曰：'国君道长，而大夫不出门，此何礼也？'对曰：'岂以为礼，畏大国也。大国不以礼命于诸侯，苟不以礼，岂可量也？寡君既共命焉，其老岂敢弃其国？大伯端委以治周礼，仲雍嗣之，断发文身，裸以为饰，岂礼也哉，有由然也。'"② 太伯初至吴，用周人衣冠服饰，以"周礼"治理吴国，仲雍继位后"断发文身，裸以为饰"，遵从当地风俗习惯，以取得吴地民众普遍认同和支持，在文化融合中逐步移风易俗，体现出仲雍融入吴地、顺从民意的政治智慧，实现吴文化与中原文化融合发展。

---

① 许维遹：《韩诗外传集释》，中华书局1980年第1版，第340页。

② 杨伯峻：《春秋左传注》，中华书局1981年第1版，第1641页。

三、仲雍联通中原。太伯、仲雍回周地奔古公丧事及仲雍之后季札观乐融通中原、伍子胥和孙武等人用于吴国等，证明吴文化与中原文化进行广泛的交流，促进了中华文明的交融发展。

二、仲雍对吴地政治经济文化的影响

因太伯无子，太伯卒后弟仲雍立，自太伯至寿梦共十九世，仲雍在吴国世系传承中，毫无疑问具有重要的地位和政治影响。

太伯、仲雍创立吴国，拓展了中华版图疆域，补给了中华民族生存的生命线，赢得了中华民族巨大的发展空间。吴地的拓展，使江南为中国经济文化繁华之区，吴地成为了中国的粮仓，这充分证明仲雍对吴地经济的影响和在中华民族共同体形成与发展上的战略影响。对此，杨义先生从人文地理学的维度考察吴文化，认为太伯、仲雍开吴，从陕西即黄河流域的中上游出发，来到长江中下游的太湖流域，即在中华民族黄河长江的土地上走了一条对角线。这条对角线对中华民族共同体的形成和发展具有本质性的重要性，打开地图从陕西岐山一直划到了长江的太湖，牵动了中华民族共同体的生命线。"引发了中华民族由北而南、由陆而海、由黍稷农业而稻作农业、由农业而工商近代文明的民族与时俱进的生命线。"华夏文明、炎黄文化是发源于西北，对角线的效应，使其发达于东南，从而使得中华民族的政治、经济、文化产生良性的互动互补，在承受各种强烈的挑战和震撼中，不断开创新局面，中华民族由此赢得了巨大的发展空间。其"历史文化意义非常伟大、深刻，在带动中华民族生生不息、壮大发展上发挥了关键作用"。同时，"使中华民族在古代承受南北民族冲突时，有得天独厚的回旋余地而使历史传承不曾中断"。三吴地区"所提供的经济资源和文化资源，对于改善和提升中华民族共同体的素质的意义，非常值得注意"。①

吴文化是吴地本土文化与中原商周文化交融发展的产物。太伯、仲雍让国南来，其至德、开拓精神，成为吴地文化乃至中华文化的重要精神财富。

太伯、仲雍让国至德，是最高的道德，给中华文化融入至德和谐、开拓进取精神。太伯、仲雍让国代表了一种胸襟开阔、气度不凡，以退为进、柔韧刚健、积极进取的思想境界；同时，太伯、仲雍以和谐化解避免纷争，把无谓的"窝里斗"化为开拓新空间的发展动力，确实是一种充满政治智慧和求得生存与发展的具有远见卓识的至德。在《史记·吴太伯世家》中，太史公也称

---

① 杨义：《吴文化与黄河文明、长江文明之对角线效应》，《苏州大学学报》2012 年第 5 期，第 8—20 页。

赞道："孔子言'太伯可谓至德矣，三以天下让，民无得而称焉'。余读《春秋》古文，乃知中国之虞与荆蛮句吴兄弟也。延陵季子之仁心，慕义无穷，见微而知清浊。呜呼，又时其闳览博物君子也！"[1]

至德和谐、开拓进取是吴文化的基本属性和文化基因。太伯、仲雍断发文身，主动融入吴地风俗，和谐相处，而吴地民众和谐相从，"义之，从而归之千余家"，是和谐兴国、和谐发展。

太伯、仲雍开拓进取建立吴国，不断发展，得天时地利人和优势，曾成霸业，增强了中华民族的整体实力；同时，吴文化不断走向成熟，成为具有鲜明个性和特色的区域文化，并对中国和世界产生重大的影响。

至德和谐、开拓进取一直成为吴地经济社会文化发展的原动力，至今成为中国特色社会主义核心价值观的重要元素和实现"中国梦"的精神财富。

（系 2015 年 11 月 18 日在由常熟市、岐山县政协主办、常熟市吴文化研究会、岐山周文化研究会承办的吴文化与周文化研讨会上的发言。）

---

[1]　司马迁：《史记》，中华书局 1959 年第 1 版，第 1475 页。

言偃在儒学文化史上的地位

南方夫子言偃（前506—前443），字子游，又称叔氏。常熟人。10岁开始接受族人教读，其时吴越之间兵戎相加不绝。22岁，目睹吴王昏聩，母国失道，遂离乡背井，北上寻师求道，在卫国遇孔子，拜为师。有此南方弟子，孔子以为"吾道南矣"。后来，言偃随师友到鲁国曲阜游学。他刻苦学道，向孔子学礼，钻研三代典章制度，参加鲁国公室的腊祭。他牢记孔子《礼运》之教，独得大同、小康之传，儒学大进，在孔门中占有重要地位。

从《论语》《史记》《礼记》有关记述可知，言偃传礼，其学说偏重于礼教之理。《史记·仲尼弟子列传》记孔子说"子游习于文学"，本自《论语·先进》所载。言偃重视礼乐教育，擅长阐述文献记载的思想意识，并用以教育和理政。言偃26岁，出任鲁国武城宰，阐扬孔子学说，用礼乐教育士民，境内到处有弦歌之声，孔子称赞言偃实行的弦歌之治。

29岁，与冉雍、卜商等共辑《论语》，3年告成，弘扬孔子思想。34 岁即公元前 473 年，吴王兵败自杀，越国尽占吴地，言偃痛泣母国之亡。翌年，毅然结束仕途生涯，弃官素服，守母国之丧。抱定学道爱人，矢志小康宗旨，踏上了开辟民间礼乐教化的道路，终成儒家礼学派的宗师，门中弟子称为子游氏之儒。37 岁，开始游历于楚、卫、晋、鲁之间传道讲学，广泛传播儒家学说。其间，与学友曾参切磋仪礼，与卜商进行震动教育界的西河争鸣，与子张结为儿女亲家，以礼勇挫弥牟将军违礼之举。61 岁，言偃不忘先师"吾道南矣"遗训，重返母国故土，在虞山、青溪（上海奉贤）兴学授业，直至病逝乡梓，卒葬虞山。

言偃追随孔子，弘扬孔学，在儒学文化史上具有重要的地位。

一、思想家

从孔子到孙中山，中华文化的传承与弘扬问题，既是历史课题，更是现实课题。如果要系统总结从孔子到孙中山这一份厚重的中华优秀传统文化遗产，不能绕开孔子的重要传承人言偃的思想，也需要深入梳理中华文化的重要组成部分区域优秀传统文化，包括如常熟从言偃到翁同龢的思想遗产。

确实，作为思想家的言偃可以梳理出的思想遗产很丰富。其中，最令人瞩目的如言偃在《礼记·礼运》中阐发并创造性地传承发展孔子的"小康""大同"思想以及言偃努力实践的弦歌礼治思想等。《礼记·礼运》倡导"天下为公"，实现"选贤与能，讲信修睦"，"不独亲其亲，不独子其子，使老有所终，壮有所用，幼有所长，矜、寡、孤、独、废疾者皆有所养"的理想社会。如今"小康""大同"思想已发展成为"中国梦"思想以及和谐世界思想的重要元素。中国共产党第十八次全国代表大会发出"坚定不移沿着中国特色社会主义道路前进，为全面建成小康社会而奋斗"的进军令。习近平总书记 2013 年 3 月 17 日《在第十二届全国人民代表大会第一次会议上的讲话》中强调："实现全面建成小康社会、建成富强民主文明和谐的社会主义现代化国家的奋斗目标，实现中华民族伟大复兴的中国梦，就是要实现国家富强、民族振兴、人民幸福，既深深体现了今天中国人的理想，也深深反映了我们先人们不懈追求进步的光荣传统。"①

言偃弦歌之治，主张仁政、德治的思想与实践对当今社会的发展仍然发挥借鉴和正能量作用。《中共中央关于全面推进依法治国若干重大问题的决定》强调既重视

---

① 习近平：《在第十二届全国人民代表大会第一次会议上的讲话》，《人民日报》2013 年 3 月 18 日第 1 版。

发挥法律的规范作用，又重视发挥道德的教化作用。①这一依法治国思想既传承优秀传统文化，又面向当代实践，就是基于中华优秀文化包括言偃努力实践之弦歌礼治思想在当今的传承与弘扬。

二、文学家

《论语·先进》载言偃列"文学"一科之首："德行，颜渊、闵子骞、冉伯牛、仲弓；言语，宰我、子贡；政事，冉有、季路；文学，子游、子夏。"现代学科的"文学"概念是后出的，《论语》中所谓"文学"，意义所指，众说纷纭，而言偃"文学"业以诚。

第一，如果"文学"指诗、书、礼、乐等为主要内容的儒家文化学术，那么文学的核心是诚，诚即仁。《中庸》所谓"诚者，天之道也；诚之者，人之道也"。从中国文学观念的发生角度考察，王齐洲认为，"从文化学的角度而言，文学是孔子对儒家文化学术的一种指称。孔子文学观念的这种普泛性正反映着春秋末期社会上层建筑和社会意识形态还没有得到分门别类发展的客观事实，同时也开启了中国文学思想发展的先

---

① 中共中央：《中共中央关于全面推进依法治国若干重大问题的决定》，《人民日报》2014年10月29日第1版。

河。"① 从中国文学源流变迁角度分析，郭英德认为，"从先秦至六朝所说的'文'，仅仅以'文字书写'的意义论，大而言之可以指称'文'（或称'文章''文辞'）与'学'（学术），中而言之可以指称诗、赋、奏、议、论、序等各种'文'（如《文心雕龙》《文选》所谓'文'），小而言之可以指称与'笔'相区别之'文'。"②

第二，如果"文"指"纹"，"文学"指修辞之学，孔子《周易·文言传》所谓"修辞立其诚"，要求修辞者持诚心。"文"字很早就产生了它的文字符号，在甲骨卜辞中经多次出现，本义即文身之纹，文饰之意。在中部较早的典籍《尚书》《周易》《国语》《左传》中"文"的涵义有文饰、美化、形象、文化。如《国语·周语下》载："夫敬，文之恭也；忠，文之实；信，文之孚也，仁，文之爱也；义，文之制也；智，文之舆也；勇，文之帅也；教，文之施也；孝，文之本也；慧，文之慈也；让，文之材也。"《左传·襄公二十五年》载："《志》有之：'言以足志，文以足言。'不言，谁知其志？言之无文，行而不远。晋为伯，郑入陈，非文辞不为功。慎辞哉！"如此，则"文学"，就是纹学，修

————————
① 王齐洲：《中国文学观念的发生》，《光明日报》2013年10月14日第15版。
② 郭英德：《中国古代散文研究断想》，《光明日报》2015年4月2日第16版。

饰、修辞之学。而孔子《周易·文言传》所载"修辞立其诚"，就是要求修辞者持中正之心，怀敬畏之情，对自己的言辞切实承担责任，采用恰当的方式进行表达，并预期达致成功，由此形成了中国文化中"敬言""谨言""慎言"的优良传统。① 或许也可以说"文"是书面语言，"语文"即口头语言和书面语言的合称，"文学"就是关于书面语言学问的统称。儒家要求书面语言"雅""无邪"，即书面语言的正和诚，内容上实现"文以载道"，效果上到达《八佾》所谓"乐而不淫，哀而不伤"。《论语·为政第二》载子曰：《诗》三百，一言以蔽之，曰'思无邪'。""思无邪"即归于正诚。

第三，如果"文"指典籍，"文学"指关于典籍的学问，按邢昺的《论语疏》把"文学"解释为"文章博学"，言偃之业就是"文章博学"的文献学家所为。"文"指典籍，见孔子《论语·八佾》载："子曰：夏礼，吾能言之，杞不足征也；殷礼，吾能言之，宋不足徵也。文献不足故也。足，则吾能征之矣。"其中，"文献"两字的解释，长期以来流行的是汉郑玄、宋朱熹的观点，将"文""献"析为两种概念，"文"指典籍，"献"指贤人。郑玄在为《论语》作注时说："孔子言我不以礼成

---

① 王齐洲：《"修辞立其诚"本义探微》，《文史哲》2009年第6期。

之者，以此二国之君文章、贤才不足故也。"魏何晏在《论语集解》中引郑玄说："献，犹贤也。我不以礼成之者，以此二国之君文章、贤才不足故也。"朱熹在《论语集注》中沿用郑训说："杞，夏之后。宋，殷之后。征，证也。文，典籍也。献，贤也。言二代之礼，我能言之，而二国不足取以为证，以其文献不足故也。文献若足，则我能取之，以证君言矣。"清刘宝楠《论语正义》也说："文谓典策，献谓秉礼之贤士大夫。"近代刘师培在《文献解》中说"献""仪"古通，故有"贤"义，"孔子言夏、殷文献不足，谓夏殷简册不备，而夏殷之礼又鲜习行之士也。"这些解释都认为"文献"一词是双音节联合式合成词，意义指典籍和贤人。余来明在历史中理解"文学"概念，认为"近代学术体系中作为独立学科门类的'文学'，在中国传统学术中存在'文献经典'、'文章博学'、'学问'等义，又或被用以指代'儒学'、'理学'，虽为'孔门四科'之一，却并未形成独立形态。"①"文"指典籍，则"文学"就是关于典籍的学问。邢昺的《论语疏》正是将"文学"解释为"文章博学"，皇侃的《论语义疏》释"文学"为"博学古文"。《论语》中所说的"行有余力，则以学

---

① 余来明：《在历史中理解"文学"概念》，《中国社会科学报》2014 年 3 月 28 日第 8 版。

文""君子博学于文""博我以文，约我以礼"的"文"指古代典籍。"章"即"章句"。《后汉书·徐防传》："诗、书、礼、乐，定自孔子；发明章句，始于子夏。"卜商（子夏）、言偃（子游）精研文献典籍，并能加以阐释、评述。文学家言偃就是"文章博学"的文献学家。

无论是文学的，还是语言学的、文献学的文学，均表明言偃文学具有丰富的历史文化内涵，代表着中国学术文化的源头资源，在中国学术文化知识谱系中有着重要地位，而其业可一言蔽之以"诚"。

三、教育家

中国古代最伟大的教育家孔子打破"学在官府"的旧传统，首创私人讲学的风气，提出"有教无类"的口号，改变以往只有贵族子弟才能上学的局面，向下层传播文化，教育学生温故知新，提倡教学相长，因材施教，启发教育，相传有弟子三千，其中贤士七十二人。常熟言偃北学孔门，列入"孔门十哲"，是孔子三千弟子中唯一的"南方夫子"。孔子曾这样说言偃："吾门有偃，吾道其南。"言偃继承孔子遗愿，在南方传道授业，成为中国南方第一位伟大的教育家，开启南方崇文重教、尚志好学传统。

言偃传承先师的教育思想，并发扬光大，在礼乐教民、人才培养方面独树一帜。

礼乐教民孔子十分重视，孔子"复礼""正乐"以恢复西周的礼乐制度和礼乐的政治功能。《史记·孔子世家》载孔子把礼乐之教贯穿于教学的各个环节，"修诗、书、礼、乐，弟子弥众，至自远方，莫不受业焉"。《论语·雍也》载孔子用《诗》《书》《礼》《乐》《易》《春秋》作为教材，要求学生"博学于文，约之以礼"。《论语·泰伯》载孔子认为对人的教育应"兴于诗，立于礼，成于乐"。言偃深知礼乐之旨在于教化。《尚书·舜典》记："帝（舜）曰：'夔，命汝典乐，教胄子，直而温，宽而栗，刚而无虐，简而无傲。诗言志，歌永言，声依永，律和声。八音克谐，无相夺伦，神人以和。'"《左传·昭公二十六年》载："君令而不违，臣恭而不贰，父慈而教，子孝而箴，兄爱而友，弟敬而顺，夫和而义，妻柔而正，姑慈而从，妇听而婉，礼之善物也。"《礼记·乐记》载："礼节民心，乐和民声，政以行之，刑以防之。礼乐刑政，四达而不悖，则王道备矣。"又载："礼乐皆得，谓之有德。德者，得也，是故，乐之隆，非极音也，食飨之礼，非致味也……是故先王之制礼乐也，非以极口腹耳目之欲也，将以教民平好恶，而反人道之正也。"言偃的教育思想与实践核心是诚教，他躬行礼乐教民，据《论语·阳货》载言偃学道爱人，政绩斐然，取得实际效果，受到乃师表彰。明李贤《古穰集·重修武城县儒学记》载："昔者子游为武城宰，以礼乐为教而民皆化之，兴起弦歌之声。"

人才培养孔子倡导有教无类、因材施教，言偃承先师之教，勇于创新，不是简单因袭。《论语·阳货》载言偃认为："君子学道则爱人，小人学道则易使也。"言偃把先师"有教无类"的思想推广为全民教育思想，不限于教育贵族学生，也不分君子还是小人，都应学道，接受教育。这种普及教育，让人人都有机会享受教育，人人都有权利接受教育的思想与实践，至今仍然有指导意义。

言偃重视培养学生胸怀大志，《论语·子张》载言偃批评"子夏之门人小子，当洒扫应对进退，则可矣，抑末也，本之则无，如之何？"言偃强调教育重在教育学生将来为人的根本，以便学到实际的东西，而不是教以小节敷衍了事，教育学生有大志，成大器，体现其经世致用的教育宗旨。言偃还进一步强化礼乐识人，以礼选人，以才取人，选贤任能，不以言取人，不拘一格降人才，不以貌取人，启用状貌甚恶的澹台灭明，使之成为南方一大学术宗师，也得到孔子的赞许。

言偃行立德树人的教育思想，可以说既传承乃师，又超越乃师，至今有补于世。

四、藏书家

中国商周时期，学术初萌，典籍甚少而"学术官守""学在官府"，《尚书·多士》记："惟殷先人，有册有典。"《吕氏春秋·先识览第四》载："殷内史向挚见纣之愈乱迷惑也，于是载其图法，出亡之周。"最早的藏书多官府文献。春秋时期，"士"阶层逐步形成，"学在私门"并出现私人藏书。相传中国的私人藏书始于孔子，孔子创办私学，广招生徒，亲编教材，庋藏书籍，并大规模整理《五经》等文献，增广书籍。《汉书·艺文志》载，孔子藏书历经十数代，至西汉武帝末被人发现。《隋书·牛弘传》载："孔子以大圣之才，开素王之业，宪章祖述，制《礼》刊《诗》，正五始而修《春秋》，阐《十翼》而弘《易》道。"

言偃是孔氏私学南下并传播中原文教于吴地的创始者，也是中国南方最早的藏书家和文化传播者，开启了江南崇文藏书的历史传统。言偃家乡常熟因之称为"文学乡里"和"藏书之乡"。

作为藏书家的言偃传承弘扬乃师藏书精神，可贵之处在于勤奋读书、传播文献。人并不是天生就懂得诚，而要靠后天的刻苦学习，并终身努力践行。言偃学以诚，学志坚定，不远千里，从南方北上拜孔子为师，列入"孔门十哲"，读书学习，多问敏思，不可不谓之勤；言偃学而勤记，跟随孔子整理文献，采辑孔学文献，笔录传播《礼运》篇等，主要参与编集《论语》一书，并口述传播孔学文献，阐发孔学奥义，践行孔学思想，不可不谓之奋。

言偃为读书而藏书，有藏书而助学，藏而善读，传播文献，不是秘而不宣，而是注重系统整理编撰各类文献，增广孔学文献，付之应用，体现经世致用和开放精神。藏书为读、勤奋读书是学者藏书的最终目的，藏书利用、传播文献是学者藏书的根本功效。一部藏书历史，主要反映的就是藏与读、藏与用的核心问题。中华藏书文化，主要关注的也是藏与读、藏与用的主要矛盾。对此，孔子及弟子言偃的实践已经作了最好的回答，涉及"藏书到底是为什么"这个中华传统优秀藏书文化最核心的问题，并永远启迪后来。

苏州藏书的核心精神是仁人爱物

言偃开启了江南崇文藏书的历史传统

苏周刊：苏州的藏书传统开始于什么时候？当时最具代表性的藏书家是谁？他对后世有什么影响？

曹培根：春秋时期，"士"阶层逐步形成并出现私人藏书。相传中国的私人藏书始于孔子，同时，孔子大规模整理《五经》等文献，其弟子三千，贤者七十二。其中，位列七十二贤人之一的言偃是孔子的门生中唯一的南方人，被誉为"南方夫子"。言偃（公元前506年—公元前443年），字子游，又称叔氏，春秋时吴国人。他擅文学，曾任鲁国武城宰，阐扬孔子学说，用礼乐教育士民。孔子称赞他说："吾门有偃，吾道其南。"言偃死后葬在常熟虞山东麓，言子墓至今犹存。言偃"道启东南"，"文开吴会"，是南方最早的文献传播者和收藏家，开启了江南崇文藏书的历史传统。

东汉以后，苏州朱、陆、张、顾等著姓望族多为藏书世家。汉代"通经致仕"促进著姓望族崇尚宗族儒教，家学读书藏书兴盛，而图书靠人工手抄得之不易，私人藏书达到几千上万卷的屈指可数，非郡望莫属。朱买臣（？—公元前115年）是汉代苏州很有影响的藏书家，他家贫不移志，酷爱读书，住在穹窿山下，以砍柴为生，藏书大石下，抽空就读。穹窿山有朱买臣读书台，苏州"藏书"的地名由此而来。

苏周刊：历史上苏州藏书在什么时候最兴盛？当时的藏书家群体达到怎样的规模？

曹培根：明清之际，随着文化中心不断向江南转移，苏州私人藏书在原有积聚基础上发展具有苏州特色的藏书文化元素，逐渐形成以钱谦益为代表的具有辐射力和影响力的虞山藏书流派。这一时期苏州出现了一批有影响的藏书家、藏书楼。如常熟杨彝（1583—1661）的凤基楼，所藏逾万卷。特别值得一提的是当时出现了一批有影响的藏书和刻书世家。如常熟的钱氏藏书世家，曾推为江南第一家。钱氏藏书自钱宽、钱洪兄弟的柳溪堂、竹深堂收藏古籍和琴剑彝鼎始，至钱谦益（1582—1664）绛云楼被推为当时大江南北藏书第一。钱曾（1629—1701）得绛云楼焚余之书，其书目著录3800余种，超过《四库全书》的收书数。钱曾所编藏书目录《也是园藏书目》，另有《述古堂藏书目》《述古堂宋版书目》及《读书敏求记》，分别从体制上创立了普通书目、善本书目、题跋目录的格式。常熟的毛晋

（1599—1659）是当时全国乃至世界一流水平的私人刻书家，毛氏藏书 84000 册，他的汲古阁抄刻之书风行天下，这在中外出版史上都是罕见的。

昆山顾炎武（1613—1682）是清代朴学开山之祖，生于藏书之家，他倡导抄书，所到之处图书伴随左右。昆山徐氏藏书世家的徐乾学（1631—1694）、徐秉义（1633—1711）、徐元文（1634—1691）被称为"昆山三徐"。徐乾学有"传是楼"，藏书甲于康熙朝，有《传是楼藏书目》著录藏书 7000 种，又有《传是楼宋元版书目》。徐秉义购求古书，借稿本抄录，藏书近万册，《培林堂书目》著录 3016 部。徐元文做官退休回乡时带回的资产只有数千卷的图书，编著有《含经堂书目》。

文献世家是维系一地文献世传不辍的纽带

苏周刊：苏州藏书源远流长，藏书家辈出的原因是什么？

曹培根：一种学术文化现象的产生，总是与产生它的历史与文化环境相关联的。苏州藏书家根植于尚文的吴中文化土壤。苏州经济繁荣，文化源远流长。这里尚文重教，历代书院林立，教育昌盛，科举及第者数量多而品第高，著述家辈出。例如，《重修常昭合志》艺文志著录常熟先秦至清季 1861 人的著作 4191 种，另附录

229 种，并且著述家大多有藏书活动的记载；《江苏艺文志》苏州卷著录清代吴县人著作达 8100 种，接近于《清史稿艺文志》著录 9633 种之数。藏书家好古收藏要有经济实力，购求大量古本耗资巨大，而苏州是富饶之地，士民殷实，有足够的经济实力购买古书，以满足藏书家们的好古志趣。此外，苏州交通发达，典籍交流便捷；印刷技术为家坊普遍使用，古书既为研习的必需品，也是交换的好商品和珍贵的遗产，这也促使藏书家们广泛搜藏典籍、广泛交流利用文献。

文献世家也是维系一地文献世传不辍的纽带。苏州的藏书家大多世传家学，代增藏书，宗族、家族藏书越聚越多。正是族姓、家庭内部的文化传统、家学渊源，使藏书纵向传递；族姓外部异姓间联姻、师承、结友等关系，使藏书横向联络，相互影响，构成纵横交错的传书网。因此，藏书流派越来越盛，藏书家们所藏之书往往此散彼聚，在一定的区域范围内保留相当独特的格局。例如，钱谦益好古收藏，继承了宋以来藏书家的藏书传统，作为一代文坛领袖他又影响了其族孙钱曾、学生毛晋，以及一批追随仰慕他的文人学子，如此越传越广。钱谦益曾得到脉望馆赵氏等多家藏书，其绛云楼焚余之书又归诸钱曾，钱曾的藏书又为其后周边的其他藏书家所递藏，并纷纷效仿，以之为范式，继承收藏传统，久而不散，形成别具一格的文献传播模式。

藏书家传承文化精神鞠育一代读书人

苏周刊：苏州藏书传统的核心精神是什么？对当代苏州来说有什么意义？

曹培根：对中国古代文人来说，私家藏书，属于综合性的学术文化活动。"积书而读，丹铅治学"是中国古代私家藏书的优良传统，藏书兴则读书盛，私家藏书对中华典籍的积累、保存、整理、再造和传播贡献很大，对促进文化教育和学术研究发挥了重大的作用。苏州藏书传统的核心精神是仁人爱物、读书成才，藏书特点是开放、勤奋、精致、创新。

苏州藏书是开放者之藏书，藏书家藏书致用、流通古籍的思想占主导地位，他们通过编印家藏书目来传播藏书信息，或以刻书为己任来广传秘籍，或提供借用以共享私藏。如常熟脉望馆赵用贤、赵琦美父子通过精校刊刻、编目撰跋、提供阅抄等途径交流私藏。

苏州藏书是读书者之藏书，藏书家勤奋好学。钱谦益是其中的典型代表。曹溶《绛云楼书目题词》记钱谦益"每及一书，能言旧刻若何，新板若何，中间差别几何，验之纤悉不爽，盖于书无所不读"。钱曾重视对藏书的校理，终身苦读勤藏，《也是园藏书目》《述古堂藏书目》和《读书敏求记》载录了他的校勘成果。毛晋曾师从钱谦益，钱谦益称毛晋"故于经史全书勘雠流布，务使学者穷其源流，审其津涉"。毛晋之子毛扆承其家学，为搜辑古椠本，考订讨论，正世本之失。

苏州藏书是好古敏求者之藏书，藏书追求精致，质量一流。以钱谦益为代表的虞山派藏书家首开好古收藏之风，所藏多宋元本、抄本及稿本。叶德辉在《书林清话》卷九"吴门书坊之盛衰"条中称："国朝藏书尚宋元板之风，始于虞山钱谦益绛云楼、毛晋汲古阁。"

苏州藏书是有识者之藏书，藏书家在藏书理论与实践上讲究创新，有自己的藏书理论，散见于他们的藏书目录、藏书题跋及其文章中。特别是，常熟藏书家孙从添所撰《藏书纪要》成为虞山派藏书家藏书理论的代表作，书中系统地总结了虞山派藏书家的藏书工作经验和方法，对后来的私人藏书家产生了重大的影响。谭卓垣在《清代藏书楼发展史》中评述："《藏书纪要》是整个19世纪唯一的一本向私人藏书家交代藏书技术的参考书。令人惊奇的是，他所提出的意见一向为藏书家们谨守不渝，直至今日还对现代中国的图书馆发生着影响。许多编纂珍本书目的术语都出自该书，更不用说后人以此书的意见为鉴别宋元版本的标准了。虽然在最近几十年里，出版了不少关于图书馆科学的著作，但是旨在指导私人藏书家工作的专著却未问世。假如今后还没有著述来取代《藏书纪要》的地位，那么中国的藏书家们还将在各方面仰仗于它。"

苏州藏书家传承传统文化的精神培育一代代读书人，读书种子不绝。传承与发展苏州藏书文化，对当代苏州来说意义重大。国运之兴，科教为本，文明昌盛，读书为先。读书对个人来讲，是提高个人素质的根本途径，对中华民族来讲，是提高民族核心竞争力的根本途径。实现中国梦靠奋斗，奋斗靠智慧和勇敢，通过有效阅读提高个人素质、提高民族核心竞争力，这毫无疑问是实现中国梦的根本途径。

铁琴铜剑楼实现了公共图书馆的部分功效

苏周刊：苏州历史上有过哪些著名的藏书楼？它们对地方文化发展有什么影响和作用？

曹培根：苏州历史上最著名的藏书楼是常熟瞿氏铁琴铜剑楼，它与山东聊城杨氏海源阁、浙江钱塘丁氏八千卷楼、浙江归安陆氏皕宋楼合称为清代后期四大著名藏书楼，又有"南瞿北杨"的美称。瞿氏藏书以求精、重用见长，历经瞿进思、瞿绍基、瞿镛、瞿秉渊、瞿秉清、瞿启甲、瞿济苍、瞿旭初、瞿凤起等递藏。新中国成立后瞿氏献书归公，事迹感人。铁琴铜剑楼又是区域学术文化中心，当时许多学者到铁琴铜剑楼访书交流、登楼阅览、借阅抄录等，铁琴铜剑楼私家藏书提供社会利用，实现了公共图书馆的部分功效。

与此同时，瞿氏在与众多人物的广泛联系中也取得了双赢的效果。一是扩大了铁琴铜剑楼的社会影响，便于实施大规模的社会聚书活动，增广铁琴铜剑楼的藏书；二是学者们帮助铁琴铜剑楼措理藏书，包括其藏书目录的编制和完善，其藏书的校勘考证、撰跋题记、抄录补遗、影印刊刻等。可以说，瞿氏铁琴铜剑楼在中国私家藏书史上享有的崇高地位以及在国内外有广泛的社会影响，与瞿氏广泛的社会交往有关，与学者们和其他社会有识之士对铁琴铜剑楼的帮助息息相关。铁琴铜剑楼藏书目录从编纂、校勘到多种版本的问世，既凝聚了瞿氏五代人的艰辛努力，是瞿氏家学传统藏读成果的结晶；同时，也融入了从季锡畴、王振声、王颂蔚、叶昌炽、管礼耕等，到瞿果行等瞿氏族内、族外诸多学者的协作劳动和集体智慧，反映了区域藏书措理和目录学、版本学、校雠学诸种学术的成就和水准。正是在一大批学者的帮助之下，《铁琴铜剑楼藏书目录》最终成为如今学术界公认的高水平的私家藏书目录。

苏周刊：和其他富有藏书文化传统的地方相比，苏州的藏书文化有什么特点？

曹培根：苏州藏书家藏书兼著述、考订、校雠、编纂、出版，在学术文化各个领域多有建树。1934年，赵万里在《重整范氏天一阁藏书记略》中谈道："当年范东明选书的标准，与同时苏州派藏书家，完全采用两个不同的方式。"黄裳在《书林漫话——与刘绪源对谈录》一文中谈道："藏书的确有流派，明清之际出现的虞山（常熟）派与浙东派的区别，就是一个值得注意而又恰恰为过去的研究者所忽略的问题。"

我曾比较以铁琴铜剑楼为代表的虞山派藏书与以天一阁为代表的浙东派藏书的不同之处：在收藏志趣上，瞿氏铁琴铜剑楼继承了虞山派藏书家好宋元刻本、抄本和稿本的传统，而范氏天一阁比较重视收集当代人的著作。在收藏内容上，虞山派藏书家收藏的图书偏重正经正史，尤其尊经。翁同龢《〈虹月归来图〉记》称："瞿氏三世聚书，所收必宋元旧椠，其精者尤在经部。"范氏天一阁比较重视收藏史部、集部图书，史部也不限正史。在藏用原则上，中国私家藏书文化的基本理论是以藏为主、藏用结合，对范氏天一阁来说，更偏重于藏。天一阁自1566年左右到1909年间主要是封闭式的，封闭保存的制度十分严格。虞山派藏书家流通古籍、藏书致用思想占主导地位，他们通过传抄、编目、刻书、借用等来传播典籍，提供利用。瞿氏铁琴铜剑楼公开其藏书，让图书得其所用。在藏读成果上，虞山派藏书家有好读善藏的传统，私家藏书目录尤其丰富并各具特色，瞿氏铁琴铜剑楼的藏书目录既有《铁琴铜剑楼藏书目录》等集大成的私家藏书目录，又有《铁琴铜剑楼宋金元本书影》《铁琴铜剑楼藏书题跋集录》等丰富多样的专题特色书目。范氏天一阁虽有藏书目，但书目的精当与藏书读书成果的丰富多样比不上瞿氏铁琴铜剑楼。

许多珍贵典籍由苏州藏书家递藏传世

苏周刊：历史上因为苏州藏书家的心血而得以保存的最有价值的书籍是什么？这背后有什么样的曲折故事？

曹培根：中国的珍贵典籍大多是经私人藏书家收藏而存世的，胡道静在《浙江藏书家藏书楼》序中指出："中国灿烂、悠久、丰富的典籍文化，藏书家是有一份大功劳的……许许多多的藏书家配合了或抄或印的出版发行家的通力合作，持久不息地进行永恒的接力长跑，这就是我们先人的著作得以大量地保存下来的唯一秘密。"

苏州藏书家藏书质量高，许多珍贵典籍由他们递藏传世。例如，赵氏脉望馆所藏《古今杂剧》242 种，是研究中国元明杂剧的大宝库，这部书经过钱谦益、钱曾、季振宜、何煌、黄丕烈、汪士钟、丁祖荫等多位藏书家递藏，现存国家图书馆，如果没有这部书，我们今天无法了解元明杂剧全貌。当年郑振铎发现此书存世并想方设法使之归诸国库，他说："这宏伟丰富的宝库的打开，不仅在中国文学史上增添了许多本的名著，不仅在中国戏剧史上是一个奇迹，一个极重要的消息，一个变更了研究的种种传统观念的起点，而且在中国历史，社会史，经济史，文化史上也是一个最可惊人的整批重要资料的加入。这发现，在近五十年来，其重要，恐怕是仅次于敦煌石窟与西陲的汉简的出世的。"可见，脉望馆抄校本《古今杂剧》的重要价值。据郑振铎统计，现存《古今杂剧》242种中刻本69种，其余173种为抄本，抄自内府本的92种，抄自东阿于慎行所藏本的81种，32种注明"于小谷本"即慎行嗣子于纬（号小谷）藏本。而原书不止242种，传至钱曾收藏时有340种。自明万历四十二年（1614年）至四十五年（1617年），赵琦美全力抄校这部《古今杂剧》，正是由于他的努力，才给后人保存了国宝元明杂剧，丰富了中国文学史的光辉篇章。脉望馆抄校本《古今杂剧》此散彼聚，一直由苏州藏书家递藏，是苏州收藏传统使然。

苏州私家藏书"藏富于民，资源无穷"

苏周刊：苏州的藏书传统在当下是如何延续和表现的？

曹培根：近代以来，随着公共图书馆不断发展，苏州的私家藏书逐渐减少。新中国成立后，苏州的不少藏书家和后辈继承人，为使藏书发挥更大的作用，将多数有价值的精本、善本，或捐赠或作价，贡献给国家图书馆或文物保管部门。由此，苏州及各县市区图书馆、文管会所藏古籍亦以数量多、质量好闻名。在公共图书馆发展的同时，私家藏书的传统仍为当代苏州人所继承和发扬。特别是中国共产党十一届三中全会后，私家藏书又得到复苏，庋藏有惊世精品者已不乏其人。如常熟曹大铁的菱花馆藏书多旧山楼善本。翁同龢玄孙翁兴庆传藏翁氏藏书精品 80 种、542 册，2000 年将翁氏藏书整体转让给上海图书馆。苏州顾氏过云楼后人 1992 年将过云楼精品包括宋版《乖崖张公语录》等 541 部 3707 册转让给南京图书馆，2002 年又将过云楼精品包括宋版《锦绣万花谷》前后集、宋杜大桂编纂《皇朝名臣续编碑传婉琰集》、元刻元胡一桂撰《周易启蒙传三篇外传一篇》、元黄瑞节附录《易学启蒙朱子成书》、元太监王公编《针灸资生经》等 179 部 1292 册转让给南京图书馆，成为中国文化界盛事。苏州的藏书传统延续不断，私家藏书像海绵吸水，藏富于民，资源无穷。尤其是，苏州读书成才的藏书核心精神深入人心。

苏周刊：互联网技术的迅猛发展对传统的阅读习惯造成了很大的冲击。您觉得在我们能够便捷地获得电子出版物的情况下，藏书还有必要吗？

曹培根：文献载体的变迁带来阅读的转型，是我们不得不面临的事实。信息化时代给人们提供了多样的阅读选择，而传统的书本阅读习惯将是主体。党的十八大报告把"开展全民阅读活动"列为未来我国全面建成小康社会的美好蓝图的重要举措之一。全民阅读的关键在家庭阅读；建设书香城市，核心在建设书香家庭。"积书而读，丹铅治学"的中国古代私家藏书优良传统，耕读传家、诗书继世的中国家庭阅读传统是当今社会需要传承与发展的。只有每个家庭人人自觉参与藏书、读书，才能聚合成中华民族崇尚阅读的社会风气，建成书香城市。

（系苏周刊记者陶冠群访谈文，
刊《苏州日报》2014 年 1 月 17 日 B1—2 版）

祁承爜的《澹生堂藏书约》

    浙江山阴（今绍兴）祁承爜（1562—1628）在其澹生堂9千多种、10万余卷藏书的基础上，写出了我国最早的比较系统的藏书建设理论著作《澹生堂藏书约》。书中序文自述读书、藏书经历，正文分《读书训》《聚书训》《藏书训略》三部分。《读书训》劝后人读书，记述古人读书好学事迹23则。《聚书训》劝后人聚书，记述古人藏书事迹30则。《藏书训略》分"购书""鉴书"两部分，提出购书三术："夫购书无他术，眼界欲宽，精神欲注，而心思欲巧。"提出鉴书五法："夫藏书之要在识鉴，而识鉴所用者在审轻重、辨真伪、覈名实、权缓急而别品类，如此而已。"万历四十八年（1602），祁承爜整理藏书，又写出《庚申整书略例四则》，提出"因、益、通、互"四个分类原则，并在其藏书目录《澹生堂书目》中首次采用了"通""互"即互著与别裁的目录学方法。祁承爜的藏书理论对于浙东区域私家藏书，乃至以后的私家藏书和目录学产生的很大的影响。

    祁承爜《澹生堂藏书约》提出的藏书观和祁氏的藏

书实践,有以下特点:

一、祁承㸁喜欢藏书,主张藏书求实用,重在藏史。祁承㸁在《〈澹生堂藏书约〉序》中自述好书:"凡试事过武林,遍问坊肆所刻,便向委巷深衢,觅有异本,即鼠余蠹剩,无不珍重市归,手为补缀。十余年来,馆谷之所得,饘粥之所余,无不归之书者。"①"然性尤喜史书,生欲得一全史。"②祁承㸁在《澹生堂藏书约》的《藏书训略》之"鉴书"部分提出四部之中归重读史的主张,即所谓"权缓急",按照先史后经,然后子、集等次序收集图书。③重史的收藏主张体现出与苏州区域藏书重经不同的收藏价值观。

二、祁承㸁喜欢读书,主张藏书为自用,重在守藏。祁承㸁在《〈澹生堂藏书约〉序》中强调藏书为家人自阅,正本不得出密园外:"今与尔辈约,及吾之身,则月益之;及尔辈之身,则岁益之。子孙能读者,则以一人尽居之;不能读者,则以众人递守之。入架者不复出,蠹啮者必速补。子孙取读者,就堂检阅,阅竟即入架,不得入私室。亲友借观者,有副本则以应,无

① 祁承㸁:《澹生堂藏书约》,见祁承㸁等:《藏书记》,广陵书社 2010 年 8 月版,第 4 页。
② 祁承㸁:《澹生堂藏书约》,见祁承㸁等:《藏书记》,广陵书社 2010 年 8 月版,第 3 页。
③ 祁承㸁:《澹生堂藏书约》,见祁承㸁等:《藏书记》,广陵书社 2010 年 8 月版,第 22—23 页。

副本则以辞，正本不得出密园外。书目视所益多寡，大较近以五年，远以十年一编次。勿分析，勿覆瓿，勿归商贾手，如此而已。"[1]守藏，在祁承爜藏书铭印文中表现得淋漓尽致。祁承爜的藏书铭一印文为："澹生堂中储经籍，主人手校无朝夕。读之欣然忘饮食，典衣市书恒不给。后人但念阿翁癖，子孙益之守弗失。""子孙益之守弗失"，《藕香零拾》本缪荃孙跋作"子孙益之永弗失"。[2]无论"守弗失"，还是"永弗失"，都证明祁承爜对其澹生堂藏书楼采取的是较为严格的封闭措施，限制了自己子孙的检阅和亲友的借观，当然外人就根本无缘问津澹生堂藏书。杨复吉跋《昭代丛书》本孙从添《藏书纪要》说祁承爜藏书"尤拳拳于守之弗失为念"："前明祁旷园参政《澹生堂藏书约》，其论聚书、购书、鉴书之法，至详且悉，而尤拳拳于守之弗失为念。然考之《静志居诗话》则云，乱后祁氏所储已尽流转于姚江御儿之间。"[3]澹生堂主人"书渠不惜"，但身后藏书恰论斤散出。相传明末清初之际，祁承爜之子祁彪佳投水

---

① 祁承爜：《澹生堂藏书约》，见祁承爜等：《藏书记》，广陵书社 2010 年 8 月版，第 4—5 页。

② 祁承爜：《澹生堂藏书约》，见祁承爜等：《藏书记》，广陵书社 2010 年 8 月版，第 29 页。

③ 孙从添：《藏书纪要》，见祁承爜等：《藏书记》，广陵书社 2010 年 8 月版，第 56 页。

自尽，澹生堂藏书散出，黄宗羲、吕留良还曾因瓜分澹生堂藏书而决裂。全祖望在《小山堂藏书记》《小山堂祁氏遗书记》中记黄宗羲、吕留良为争购澹生堂藏书引发争端。《清稗类钞》也载："山阴祁氏澹生堂书之初出也，其启争端多矣。初，黄梨洲讲学于石门，其时吕晚村父子皆北面执经。已而以三千金求购澹生堂书，梨洲亦以束脩之人参焉。交易既毕，晚村之使者于中途窃梨洲所取卫湜《礼记集说》、王偁《东都事略》以去，则晚村所授意也。梨洲大怒，绝其通门之籍。晚村亦遂反而操戈，而妄自托于建安之徒，力攻新建，并削去蕺山学案私淑为梨洲也。"吕留良购得澹生堂藏书 3000 千余本后，曾作诗示儿子吕无党："阿翁铭识墨犹新，大担论斤换直银。说与痴儿休笑倒，难寻几世好书人。宣绫包角藏经笈，不抵当年装订钱。岂是父书渠不惜，只缘参透达摩禅。"

三、祁承㸁强调聚书，主张藏书重鉴书，实用为先。祁承㸁的《澹生堂藏书目》收书内容不以宋椠之版为贵，而以实用为先，多收为一般人所不重视的地方文献和俗文学，"凡涉国朝典故者，不特小史宜收，即有街谈巷议，亦尽录"。书目中收录了府志 94 种、县志 320 种，另有小说、戏曲多种。收书注重类别，强调学术源流，多藏抄本，且校勘精良，鉴别有方。全祖望称："其所抄书，多人所未见，校勘精核，纸墨洁净。"

小说、戏曲的收藏，反映了区域的文化特点及其主人的爱好。祁承爜子祁彪佳（1602—1645）也是著名藏书家，又是政治家、戏曲理论家，有戏曲批评著作《远山堂曲品》和《远山堂剧品》存世。祁彪佳的长兄祁麟佳、三兄祁骏佳、从兄祁豸佳也都是戏曲家。

四、祁承爜重视目录，强调分类从实用出发，不求一致。祁承爜对书目分类以圣制列于大类之首表示不满，认为类目的增减变化是必然的，而类目的设置则不必尽显。祁承爜强调"辨真伪""别品类"，还首次明确提出"通""互"，即互著与别裁。"通者，流通于四部之内也"，"互著，互见与四部之中也"。其互著与别裁之法，在《澹生堂藏书目》得到了很好的应用。或许是祁承爜表达反对以圣制列于大类之首分类等观点和收藏不为统治者所容的文献，祁承爜著作在清初视为禁书，所著《澹生堂集》《两浙著作考》等43种、239卷，辑《国朝征信丛录》，编《澹生堂明人集部目录》等，仅存属于目录学著作的《澹生堂藏书约》和《澹生堂明人集部目录》。

孙从添的《藏书纪要》

　　江苏常熟孙从添（1692—1767）的《藏书纪要》总结苏州区域藏书特别是以钱谦益代表的虞山派藏书理论，他在"第五则装订"中说："虞山装订书籍，讲究如此，聊为之记，收藏家亦不可不知也。"① 兼及太仓王元美、昆山叶文庄、洞庭叶石君等藏书家的藏书技术。

　　孙从添在书中提出了虞山派的藏书观和藏书措理之术，有以下几点：

　　一、孙从添喜欢藏书，主张藏经为上："藏书之道，先分经、史、子、集四种，取其精华，去其穣秕。经为上，史次之，子集又次之。"② 叶德辉十分赞赏孙从添的藏书理论，他在所撰《藏书十约》自序中说："《藏书纪要》详论购书之法与藏书之宜，以及宋刻名抄何者为精，何者为劣，指陈得失，语重心长，洵收藏之指南

---

① 孙从添：《藏书纪要》，见祁承爜等：《藏书记》，广陵书社2010年8月版，第50页。
② 孙从添：《藏书纪要》，见祁承爜等：《藏书记》，广陵书社2010年8月版，第41页。

而汲古之修绠也。"① 叶德辉的《藏书十约》也首推经部的收藏，叶德辉认为："置书先经部，次史部，次丛书。经先十三经，史先二十四史，丛书先其种类多、校刻精者。初置书时，岂能四部完备？于此入手，方不至误入歧途。"②

二、孙从添喜欢读书，主张与知己交流藏书："且与二三知己与能识古本、今本之书籍者，并能道其源流者，能辨原板翻板之不同者，知某书之久不刷印，某书之止有钞本者，或偕之闲访于坊家，密求于冷铺，于无心中得一最难得之书籍，不惜典衣，不顾重价，必欲得之而后止。其既得之也，胜于拱璧，即觅善工装订，置之案头，手烧妙香，口吃苦茶，然后开卷读之，岂非人世间一大韵事乎？"③ 创导究讨校书："校书必数名士相好，聚于名园读书处，讲究讨论，寻绎旧文，方可有成，否则终有不到之处。"④ 孙从添在"第六则编目"中提出"编分类书柜目录一部，以便检查而易取阅"。"如

① 叶德辉：《藏书十约》，见祁承爜等：《藏书记》，广陵书社2010年8月版，第103页。
② 叶德辉：《藏书十约》，见祁承爜等：《藏书记》，广陵书社2010年8月版，第105页。
③ 孙从添：《藏书纪要》，见祁承爜等：《藏书记》，广陵书社2010年8月版，第40页。
④ 孙从添：《藏书纪要》，见祁承爜等：《藏书记》，广陵书社2010年8月版，第48页。

有人取阅借钞，即填明书目上，某年某月某日某人借或取阅。一月一查，取讨原书，即入原柜，销去前注。借者更要留心，若一月不还，当使催归原柜，不致遗失。"①看见孙从添主张藏书可以外借，只要不致遗失。

三、孙从添强调聚书，主张购求善本，讲究版本。孙从添认为鉴识真伪在于得善本。"不知鉴识真伪，检点卷数，辨论字纸，贸贸购求，每多缺佚，终无善本。"②为什么重在购求善本？孙从添认为："我谓购之求之得一善本为美事者何也？夫天地间之有书籍也，犹人身之有性灵也。人身无性灵，则与禽兽何异？天地无书籍，则与草昧何异？故书籍者，天下之至宝。人心之善恶，世道之得失，莫不辨于是焉。天下惟读书之人，而后能修身，而后能治国也。是书者，又人身中之至宝也。以天下之至宝而一旦得之，以人身之至宝而我独得之，又不至埋没于尘土之中，抛弃于庸夫之室，非人世间一大美事乎？"③孙从添认为藏书之道，"凡收藏者，须看其板之古今，纸之新旧好歹，卷数之全与缺，

① 孙从添：《藏书纪要》，见祁承爜等：《藏书记》，广陵书社2010年8月版，第51页。

② 孙从添：《藏书纪要》，见祁承爜等：《藏书记》，广陵书社2010年8月版，第39页。

③ 孙从添：《藏书纪要》，见祁承爜等：《藏书记》，广陵书社2010年8月版，第39—40页。

不可轻率。大略从十三经、二十一史、三通、三记办起。十三经，蜀本为最，北宋刻第一，巾箱板甚精。其次南宋本亦妙，唐本不可得矣。北监板无补板，初印亦可，其余所刻，各有不同。"① 孙从添尤其是重视宋刻本，认为："宋刻本书籍，传留至今，已成希世之宝，其未翻刻者及不全者，即翻刻过而又不全者，皆当珍重之，吉光片羽，无不奇珍，岂可轻放哉。"② 又说："各种书籍，务求旧刻、秘钞、完全善本为妙。"③

四、孙从添重视目录，强调规范编目："藏书四库，编目最难，非明于典籍者，不能为之。大凡收藏家编书目有四，则不致错混颠倒遗漏草率，检阅清楚，门类分晰，有条有理，乃为善于编目者。"④ 孙从添主张编四种书目是："一编大总目录，分经史子集，照古今收藏家书目行款，或照《经籍考》、连江陈氏书目俱为最好，可谓条分缕晰精严者矣。""二编宋元刻本、钞本目录，亦照前行款式写。""三编分类书柜目录一部，以

---

① 孙从添:《藏书纪要》，见祁承爜等:《藏书记》，广陵书社2010年8月版，第41页。

② 孙从添:《藏书纪要》，见祁承爜等:《藏书记》，广陵书社2010年8月版，第40—42页。

③ 孙从添:《藏书纪要》，见祁承爜等:《藏书记》，广陵书社2010年8月版，第44页。

④ 孙从添:《藏书纪要》，见祁承爜等:《藏书记》，广陵书社2010年8月版，第50页。

便检查而易取阅。""四编书房架上书籍目录，及未订之书，在外装订之书，钞补批阅之书，各另立一目，候有可入收藏者，即归入柜，增上前行各款书目内可也。"①孙从添认为："已上书目，如此编写，可以无遗而有条目矣。"②

---

① 孙从添：《藏书纪要》，见祁承爜等：《藏书记》，广陵书社2010年8月版，第50—52页。
② 孙从添：《藏书纪要》，见祁承爜等：《藏书记》，广陵书社2010年8月版，第52页。

叶昌炽的《藏书纪事诗》

　　叶昌炽（1849—1917），字鞠裳，号颂鲁，又号缘督，自号缘督庐主人等。清长州（今苏州）人。家有"治廧室"、"五百经幢馆"，藏书总数约三万余卷、一千部，著有《藏书纪事诗》《缘督庐日记》《奇觚庼诗集》《奇觚庼文集》《奇觚庼文外集》《语石》《邠州石室录》《寒山寺志》《滂喜斋藏书记》等。

　　《藏书纪事诗》为历代藏书家立传，勾勒藏书家史实，以人为目，以诗系事，纪事诗与人物传，诗与注结合，互为补充，左右参证，旁征博引，所收藏书家先以七言绝句一首，总括藏书家主要事迹，后为详注，列藏书家的藏书史实，成为总结藏书家史实之总集，被誉为"藏家之诗史""书林之掌故"，对于研究古籍聚散线索、珍贵版本的收藏源流、历代藏书家事迹等具有重要的参考价值。书中多为一人一诗，共 208 人；间或一诗涉及2 至 5 人，系人物有亲缘关系，或因治学和藏书风尚相似，或为同乡，或与某一部珍稀古籍的收藏有关，或人品相近。纪事诗与史实注所涉及的内容为藏书家和藏书史实，记载藏书家的姓名字号、籍贯里居、科第仕履、学业、著述以及藏书情况，以及书籍聚散、著名版本授受、校书、抄书、刻书以及藏书印章、版本鉴别、书籍著录题识等方面的丰富史实。所记藏书家起于五代末北宋初的毋昭裔、孙光宪，讫至清末江标，共收诗416首，记藏书家739人。

《藏书纪事诗》保存了藏书家重要史料，书中所收藏书家史实多摘引自正史、稗乘、地方志，以及版本题识、历代文集、笔记杂著、文选、诗集，官、私书目以至碑铭墓表中的有关资料，史料丰富，征引广博，为后人研究中国古代藏书家、藏书史乃至文献史，提供了丰富的资料和线索。叶昌炽特别关注苏州藏书，特别是常熟藏书。例如，在"钱听默"条叶昌炽摘引顾千里《题〈清河书画舫〉》文介绍常熟派藏书家："常熟钱遵王、毛子晋父子、席玉照、陆敕先、冯定远、曹彬侯各家书散出，予见之最早最多。乾隆年间，滋兰堂主人朱文游三丈、白隄老书贾钱听默，能视装订签题根脚上字，便晓属某家某人之物。"① "瞿绍基瞿镛"条叶昌炽摘引同治《苏州府志》介绍瞿氏乃至常熟藏书："瞿镛字子雍，岁贡生，居菰里村。父绍基，好购书，收藏多宋元

---

① 叶昌炽：《藏书纪事诗》附补正，上海古籍出版社1989年9月第1版，卷七，第742页。

善本。镛承先志，益肆力搜讨。常邑自绛云、汲古，以至爱日、稽瑞，二百余年间，储藏家代不乏人。镛所著《铁琴铜剑楼书目》，既博且精，足为后劲。"① "赵宗建"条叶昌炽记访旧山楼并述常熟藏书流风余韵："昌炽二十五六时，游虞山，出北郭，登赵氏旧山楼，观所藏书。问主人，则驾言出游矣。稍旧之册，不以示人，楼中插架无佳本。时甫自菰里瞿氏校书归，观于海者难为水，惘然而返。又在瞿濬之丈坐中见李申兰先生，须眉庞古，神观矍铄，玉舟太守之尊甫也。时未识玉舟，不敢贸然造谒，但闻其邃于流略之学，治熟虞东掌故，颇收藏秘籍。此二家者，虽非泱泱大国，自鱼虞岩、孙庆增、席玉照而后，毛、钱之流风余韵，亦稍稍衰矣。适读徐子晋《前尘梦影录》，述两家旧事，录而存之，以为此邦之后劲。"② 这些条目加上常熟藏书家的许多条目，常熟藏书史就清晰展现了。

《藏书纪事诗》开创了藏书家纪事诗体，叶昌炽仿厉鹗《南宋杂事诗》、施北研《金源纪事诗》之例，撰为诗注体，以人为目，以诗系事，以诗立人，以人见史，首创中国有诗有叙，综述藏书家渊源递邅、书林

---

① 叶昌炽：《藏书纪事诗》附补正，上海古籍出版社 1989 年 9 月第 1 版，卷六，第 646—647 页。

② 叶昌炽：《藏书纪事诗》附补正，上海古籍出版社 1989 年 9 月第 1 版，卷七，第 699—700 页。

逸事之独特体例。《藏书纪事诗》问世后，出现了刘声木、伦明、王謇、吴则虞、徐绍棨、王大隆、莫伯骥、冯雄、周退密和宋路霞、郑伟章等人的续作、补作、增作，可见叶昌炽《藏书纪事诗》影响风气之盛。尤其是，郑伟章的《文献家通考》"补叶《诗》内容之不足，增叶《诗》所遗漏，续叶《诗》之后出者"，网罗清初以来文献家1500余人，比叶昌炽《藏书纪事诗》清代部分329人约多1200人。

《藏书纪事诗》考证了藏书家重要史实，叶昌炽对摘引的史料记载，多作考证，附以按语标出，或补充史料之不足，或考证史料之真伪，或论藏书方法，遇资料不足，于案语中实事求是缺疑或待考。叶昌炽与同时代许多藏书家关系密切，因此，《藏书纪事诗》所记叶昌炽的亲闻、亲见、亲历的藏书家书事掌故尤为珍贵。例如，《藏书纪事诗》"顾广圻千里"条叶昌炽案补充了顾广圻的资料。"蒋光煦生沐"条叶昌炽案补充了蒋光焴女婿查燕绪的资料。"顾沅湘舟"条叶昌炽案补充了顾沅的藏书史实，等等。

《藏书纪事诗》推动了中国藏书史乃至书文化史学术研究。私家藏书在中国文化史上具有不可替代的重要地位和显著贡献。可是，中国历史上甚少有为藏书家写传记和专史的。清康雍间，郑元庆所撰《湖录》，至嘉庆间散佚，范锴访得一卷，辑为《吴兴藏书录》，记吴兴一地南朝至明代藏书家 16 人事迹。嘉道间，顾广圻拟就吴地"人物渊源，典籍流派"笔之"以传文献之信"，黄丕烈打算"各撰小传，合编一集"为"好古者之责"，陈揆也设想"茸诸家藏书原委，为邑中文献"，但均未成。光绪年间，丁申撰《武林藏书录》4 卷，专记杭州一地私藏情况，并涉公藏、道藏史实。通纪上下古今、全国各地藏书家为一书的，只有至光绪间叶昌炽的《藏书纪事诗》才实现。后来，叶德辉的《书林清话》也是受叶昌炽《藏书纪事诗》的启示，补《藏书纪事诗》之缺。[①] 叶昌炽《藏书纪事诗》光绪二十三年（1897）出版至今近 120 年来，中国藏书史研究日益繁荣，论著大量问世，而叶昌炽的《藏书纪事诗》作为中国藏书史研究发轫之作，筚路蓝缕，功不可没。

---

① 叶德辉：《书林清话》，中华书局 1957 年 1 月版，叙，第 1—2 页。

先秦至明代的苏州私人藏书

苏州私人藏书源远流长，代有藏家，历代藏书家、藏书楼数量多，藏书质量高。明以前的苏州私人藏书为明末清初苏州成为中国的私家藏书中心地奠定基础。

一、先秦至隋唐五代时期的苏州藏书

春秋时期，私学产生，"士"阶层逐步形成并出现私人藏书。相传中国的私人藏书始于孔子，同时，孔子大规模整理《五经》等文献，其弟子言偃列"孔门十哲"，是孔子三千弟子中唯一的"南方夫子"。"文章博学"的言偃在孔学文献传播链中具有重要的地位，他是一位阐述古代文献的"文学"评论家，礼仪是其专长，是"文学"文献学家。他跟随孔子参与了部分文献的整理，通过笔录传播孔学文献，与孔子其他弟子编集《论语》传播孔学文献，仿效先师收徒授业以口述传播孔学文献，同时又藏传孔学文献，道启东南，文开吴会，是中国南方最早的文献传播者和收藏家，开启江南崇文藏书历史传统。

东汉以后，苏州朱、陆、张、顾等著姓望族多为藏书世家。汉代"通经致仕"促进著姓望崇尚宗族儒教，家学读书藏书兴盛，而图书靠人工手抄得之不易，私人藏书至几千上万卷的屈指可数，非郡望莫属。朱买臣（？—公元前115）是汉代苏州有影响的藏书家，他家贫不移志，酷爱读书，住穹窿山下，以砍柴为生，藏书大石下，抽空便读。穹窿山有朱买臣读书台，苏州"藏书"之地名由此而来。陆氏世为江东大族，陆澄（425—494）以读书为业，藏书万余卷，好学博览，世称硕学。他凭借丰富的藏书，编成《地理书》等。陆澄子陆少玄，与张率互通书籍，撰《佛像杂铭》。陆倕（470—526），于宅内起两间茅屋，昼夜读书，手抄《汉书》之《五行志》四卷等。陆瑜（约541—约574）博览群书，钞撰子集繁多，后将家中典籍均付从子陆从典。吴郡张氏望族传为张良后裔，张率（475—527）与陆少玄互通书籍，尽读陆家万余卷书，梁天监初待诏文德省，敕使抄乙部书。张率弟张盾，家有《文集》并书千余卷。吴郡顾氏为吴著姓，也是吴郡儒学世族的杰出代表。汉颍川太守顾奉曾孙顾雍（168—243）任丞相十九年，长子顾邵为豫章太守，孙顾荣（？—312）为西晋时江南士族领袖，顾荣侄顾和（288—351）为尚书令，顾和七世孙顾协（470—542）博极群书，撰《异姓苑》《琐语》十卷。顾野王（519—581），笃学励精，利用藏书，撰《玉篇》《舆地志》等。

隋唐时期国家统一，民族昌盛，文化发展，隋实行科举取士制度后，促使读书藏书者增多，加之写本书兴盛，雕版印刷术逐渐推广，私人藏书质量大为提高。这一时期的苏州私人藏书家多为苏州故有望族、著名文学艺术家和在苏任职官员。原汉魏南北朝时期的郡望在隋唐五代时期仍有藏书记录。如唐代吴县陆余庆车乘半为图书。陆龟蒙（？—881）家藏书万卷，精实正定，朱黄不去手。张籍（约767—约830）诗作多书楼、书事记载。徐修矩守世书万卷。任晦退居里中顾辟疆旧圃建为任晦园，藏书其中。在苏任职的唐皮日休、韦应物、白居易、刘禹锡等，先后任苏州刺史，风物雄丽，为东南之冠。皮日休（约834—约902）咸通十年为苏州刺史从事，借徐修矩书数千卷，醋饫经史。韦应物（737—791）贞元四年（788）任苏州刺史，藏书壁中，几阁积群书，世称"韦苏州"。白居易（772—846）宝历元年（825）任苏州刺史，以自藏为基础，编类书《白氏六帖》，辑《白氏长庆集》《白氏文集》《白香山集》，抄成复本，分藏多处，《白氏集》一本在苏州禅林寺经藏内。刘禹锡（772—842）大和六年（832）任苏州刺史，平时万卷堆床书，漫读图书三十车。刘绮庄宣宗时官州刺史，初为昆山尉，家昆山，多异书，作类书

《昆山编》百卷。

二、宋元时期的苏州私人藏书

宋代读书业儒，跻身仕途，为士人的普遍追求，藏书读书风气盛传。宋室南迁，带来南方文化繁荣，而苏州本是人文荟萃之地，又吸引了大量外来士人，藏书家聚集苏州。藏书家中既有外来士人，又有苏州本地士人。

外来藏书家如：曾旼，宋晋江龙溪人，侨居吴中，曾氏为宋藏书世家，绍兴五年（1135）六月，曾旼献家藏书二千六百七十八卷。章甫（1045—1106），建州浦城人，徙居于吴，藏书万卷，雠校精密。章甫子章宪，居吴县光福黄村，葺复轩贮经史百氏之书。陈景元（1024—1094）建昌南城人，居吴中，博学多闻，藏书数万卷，手自校正。贺铸（1052—1125），祖籍山阴，重和二年（1119）定居姑苏昇平桥，有"企鸿轩"，藏书万余卷，手自校雠。子贺廪，居苏州，绍兴二年（1132）进贺铸手校书五千余卷。朱长文（1039—1098），祖朱亿自明州徙苏州，祖母购得吴越钱氏遗留旧圃，后名乐圃，有邃经堂，讲论六艺处，长文泛览经书群史百氏，著有《乐圃集》《吴郡图经续记》《墨池编》《琴史》等。李衡（1100—1178），其先江都人，衡定居昆山，聚书逾万卷，名其室"乐庵"。史正志（1119—1179），江都人，淳熙初年（1174）后归老定居姑苏，宅在苏州带城桥南，建"渔隐"园，内有"万卷堂"，环列书四十二橱，写本居多。

本地藏书家如：常熟人郑时，宣和六年（1124）进士，爱好藏书，自《左氏》《史记》《两汉书》《三国志》《南北史》，以至韩、柳、樊川、东坡诸文集，均手钞编录。钱观复（1090—1154），政和五年（1115）进士，生平嗜学，老学不衰，无顷刻废书，观复妻徐温为徽宗吏部尚书徐铎之女，喜释氏，阅贝叶书数千卷。钱观复子钱俣，绍兴二十一年（1151）进士，有藏书数千卷，手自雠校。钱俣弟钱佃，绍兴十五年（1145）进士，刻《荀子杨注》并自撰《荀子考异》《法言注》《孟子》《文中子》。王伯广，绍兴十二年（1142）进士，好藏书，建城南斋，曾得晦庵朱子手书《城南二十咏》，刻二十咏之诗置诸斋中。张攀（1154—1223），淳熙十一年（1184）进士，编辑《中兴馆阁续书目》三十卷，又有《诸州书目》一卷。钟璇，寄养继祖龙图学士林遹家，尽阅林家藏书，后在常熟梅李筑室，收藏秦汉以来钟鼎奇字。吴县人叶梦得（1077—1148），靖康之乱前，有旧藏有三万余卷，多手抄书，靖康之乱中所亡几半，南渡后又逐步增至十万卷，惜绍兴十七年（1147）失火，藏书化为灰烬。长洲人孔元忠（1157—1224），居吴门乌鹊桥巷，题所居之室为"静乐"，楼中藏书万卷。昆山人龚昱，祖居长洲县东北侧大酒巷，后移居昆山圆明村，家传古书数万卷。赵綝，嘉泰二年（1202）进士，读书好学，至老不倦，藏书万卷，手自校雠。子序，孙勤，世其业。卫湜，酷嗜典籍，建有藏书室"栎斋"，凭其丰富的藏书，广泛采撷群书撰成《礼记集说》。吴江人叶茵（1199—？），建水竹墅别业，筑顺适堂，藏书万卷。

元代苏州私人藏书在宋代私人藏书基础上缓慢发展，元初苏州士人多浮沉里间，以隐居读书著述为时尚。藏书家多苏州本地士人，读书绩学，藏书数代相传。如：吴郡俞琰（1258—1314），隐居南园，有"读易楼"，古书金石充牣其中，以图书自娱，传四世读书修行。俞琰嗣子俞仲温，元时为平江路医学录，建石涧书隐。琰孙、仲温子贞木（1331—1401）、植，均好藏书，孺染家学。苏州人沈景春，居乐圃坊，有别业在阊门，酷好收书，藏有宋代王俅撰《啸堂集古录》等。吴县人陈深（1260—1344），桃坞所居"清全斋"，又名"宁极斋"，所藏书画丰富。陆友（1290—1338），博极群物，所居环以古今书，自经史传记，下至权谋、数术、《氾胜》《虞初》，旁行般若百家众技之文，栉比而鳞次。张雯（1293—1356），构楼蓄书，经传子史，下逮稗官、百家之言，无所不备。子田、里能绍父志，哀父所著书。长洲人袁易（1262—1306），所居"静春"有书万卷，均手校定。陆德原（1282—1340），治别室，藏书数千卷。常熟人季渊，大德初授登仕郎，官至蕲州路总管，博雅好古，鉴藏器物书画，子孙世藏。黄公望（1269—1354），为虞山画派创立者，好藏书、抄书。谢斗元，辑古人孝感故实为《孝感编》，刊印赠人。虞子贤，有城南佳趣堂，所藏书史及古今法书、名画甲于三吴。徐元震（1309—1355），营别业松江笠泽之上，聚书万卷。邹伯常，建有云文阁，收藏许多鼎彝书画，名流宴赏其中。昆山人张师贤，世业儒，好古博雅，所居"芝兰堂"，名人图书列堂左右。卢观（1298—1362），隐居教授，手不释卷，凡经、史、礼、乐、百氏之书，下至医、卜、小说，多细书成帙。顾瑛（1310—1369），筑别业"玉山草堂"，藏古书、名画、彝鼎、秘玩。朱珪（约1327—约1379），居静寄轩，所藏多金石刻词，辑有《名迹录》。瞿智，筑南园又名墨庄，有"寿恺堂"，置书其中。太仓人顾德（？—1317），自崇明迁居太仓，喜藏书。顾德子顾信，所藏有"玉峰顾信善夫收藏印"。

元末明初，吴地统治者张士诚兄弟能礼贤下士，吴中士人多往依附。因而，元末明初战乱频繁，而苏州文人却交往活跃，私人藏书亦兴。如：长洲人周思敬，有野人居，藏有半屋图书。虞堪，藏书多先世名家手稿，手自编辑。虞堪孙虞湜，藏《庄子》《列子》等诸子书、盛唐数家诗集，均为宋时纸版，另藏宋、元人词翰百轴及其祖胜伯所著《鼓枻稿》《唯鹤余音》等遗稿，古书千卷。沈旺，建清安堂，储藏经书子史、图谱法书、名翰之迹。沈旺子沈至，有彝斋，藏鼎彝、尊敦之器，金石、法书之迹，以至于图画、象物珍异之玩。沈旺次子沈庄（1346—1386），蓄书史奇玩。王行（1331—1395），随父王懋依苏州阊门卖药徐翁家，尽读徐翁家藏书，所藏书有"半轩王氏"印。姚广孝（1335—1418），藏书有"荣国之章"等印记。高启（1336—1374），静处一室，图史左右，日事著作。吴县人陈汝言（1331？—1371），所藏书有"陈印惟允"印。俞贞木（1331—1401），建有咏春斋、盟鸥轩、端居室，左图右书。徐达左（1333—1373），隐居光福邓尉山中，好藏书，建有"耕渔轩"。昆山人郑子华（1323—1403），积书数千卷，手自校阅。卢熊（1331—1380），建"鹿城隐居"，藏书读书其中。

三、明代苏州私人藏书

明建国后逐步实现统一，强化了中央集权制度，并实行休养生息，轻赋薄徭，使社会秩序趋于稳定，经济迅速得到恢复和发展，出现洪永熙宣盛世；《永乐大典》

等的编纂推动了社会聚书著述活动。此间，苏州私人藏书较之前又有所发展，藏书家数量逐步增多。如：常熟人陈继宗，有共学斋，遗书满架。朱鏆，手录奇书，至老不倦。陆子高（1352—1431），洪武初诏求遗书，进家所藏图书。陈济（1364—1457），购书日夜记览，与修《永乐大典》，翻中秘四库书数百万卷。沈洧，与修《永乐大典》，致仕归课耕，左图右史。季籧，有南皋草堂，储书教子。太仓人偶桓（1339—1420），有东野草堂藏书，集录元代诗为《乾坤清气集》。刘朴，建清乐轩，藏书充栋。刘俶，居登思堂，琴书几榻。吴县人吴文泰（1340—1413），有得月楼，图书满床。王智（1350—1397），建"天香阁"藏书，子孙均藏书。子王诚，宅园有荻溪十景，藏书处读书斋。孙王廷礼，筑"阳湖草堂"，藏书数千卷。重孙王锐，居室左图右书。王锜（1432—1499）及子王涞，藏书万卷。钱绅，藏书丰富，多手自抄跋。吴江人何源（1369—1453），有"遗老堂"，书籍万卷，终日焚香读书。昆山人沈方（1394—？），有片玉山房，藏书数千卷，均手自点校。

明代中期社会生产力继续蓬勃发展，工商业市镇迅速崛起，资本主义生产关系的萌芽在江南一些工商业城镇破土而出，经济发展，社会稳定，苏州藏书家多数代递藏，大家辈出，并且注重书画收藏，开始刻书。如：常熟人孙艾，世代藏书，精于品鉴，筑有大石山房。艾子孙禾（1497—1564），刻印其父《林泉高士集》、《孙西川诗稿》等，以及周诗《虚严山人诗集》。禾子孙七政（1528—1600），构玄对斋、西爽楼、清晖馆，贮藏古鼎彝书画。禾孙孙柚，有别业"藤溪"。艾曾孙孙楼（1515—1583），有藏书阁丌册庋，所藏书逾万卷，亲自校勘，书多为秘本，抄有宋章樵《古文苑注》等，孙楼另有藏书处名博雅堂，编有《博雅堂藏书目录》，自撰《博雅堂藏书目录序》，目录分经、史、诸子、文集、诗集、类书、理学书、国朝杂记、小说家、志书、字学书、医书、刑家、兵家、方技、禅学而道书附之、词林书，共17大类，又特录制书类，而附以试录墨卷。楼孙孙胤伽，好藏异书，手自缮写，更于丌册庋增碎金断壁之秘。七政孙、林子孙朝肃，藏有北宋本《李义山集》、宋刻本《六臣注文选》、宋绍兴刻本《后汉书》等，刻其祖孙七政《松韵堂集》。朝肃弟孙朝让，藏有宋杭州刻本《春秋公羊传解诂》附释文、明正德陆元大刻《陆士衡文集》《明张翰宸手书金刚经册》等，抄有宋郭忠恕《汉简》。朝肃子孙鲁，藏有北宋本《李义山集》等，刻有《大方广佛华严经》《入不思议解脱境界普贤行愿品》等。鲁弟孙藩，藏书室名慈封丙舍，藏有宋刻本《国语》、元刻本《重刊明本书集传附音释》、宋本《纂图互注尚书》等。胤伽孙孙江，喜校钞，仿《玉台新咏》例，录唐诗艳丽者为《缘情集》。鲁冢孙孙淇，藏书多秘本。朝让子孙承泽，藏书多抄本。杨福，藏经千轴。曾孙杨舫，多蓄古书。舫子杨仪（1488—？），藏书室名七桧山房，又别构万卷楼，专贮藏宋元旧本及法书名画、鼎彝古器，江南推为博雅，刻有《王岐公宫词》铜活字体，抄有郭璞注《穆天子传》、支遁《支遁集》《李义山诗集》、周邦彦《片玉词》、孔平仲《珩璜新论》、朱长文《吴郡图经续记》、虞世南《北堂书钞》、康万民《织锦回文诗谱》等，卒后藏书精本归外甥莫是龙城南精舍收藏。钱仁夫（1446—1526），建东湖书院，博综群籍，藏南宋德祐元年（1275）卫宗武华亭义塾刻本《春秋集注》等。陈察，有虞山精舍、至乐楼，搜罗图书颇丰，藏有《道乡先生邹忠公文集》明刻本、《乐书》宋刻本、《南史》元刻明修本等，刻邰宝《学史》，抄《旧唐书》、沈亚之《沈下贤文集》。

昆山人叶春，建家塾藏书以教诸子及里中子弟。次子叶盛（1420—1474），藏书手自雠录至数万卷，有《菉竹堂书目》。叶春三子叶益藏有先世书。叶盛子叶晨，抄录《菉竹堂书目》等。叶晨子叶梦淇，捐俸刻叶盛所遗著述。叶晨次子叶梦滢，藏叶盛二帖，有都穆题词等。叶盛曾孙叶良材，校藏叶盛所遗经籍。叶盛玄孙叶恭焕，建菉竹堂，藏书万余卷。叶盛六世孙叶国华，手自评跋叶盛文所藏图书，购散失图书。叶国华次子叶奕苞，有"半茧园"藏书。叶国华四子叶豹文，藏有

《刘子》《妮古录》等。恭焕曾孙叶方蔼（1629—1682），有"读书斋"，藏书数千卷。朱永安，购蓄古书甚富。子朱夏（1415—1484），所购先世手泽及法书名画甚为完整。魏校（1483—1543），家多藏书，藏元刻《四书章句集注》、明刻《礼记纂言》等。子魏希明（1502—1541），有"依绿园"，购书数千卷，校刻《六书精蕴》《音释举要》。顾潜（1471—1534），藏书万卷。子顾梦川，父留万卷书，考订错误。归有光（1506—1571），先有项脊轩，借书满架，后与续弦夫人王氏读书藏书于世美堂，藏宋刻《韩文公集》《邓析子》、明刻《文选》、抄本《贤良进卷》等。子归子宁，辑《归先生文集》及《附录》等。

吴县人王鏊（1450—1524），家富藏书，藏有《玉台新咏》等。子王延喆（1483—？），亦好藏书，刻有《史记》《本草单方》等。杨循吉（1458—1546），好读书藏书，闻有异本，必购求缮写，结庐支硎山下，建"雁荡村舍"，筑专楼"卧读斋"，时吴中藏书家朱存理、吴宽、阎起山、都穆等人皆手自抄录图书，杨循吉为倡导者。顾璘（1476—1545），好藏书，有《顾尚书书目》六卷。从弟顾琉（1489—1553），有"寒松楼"，藏有《晏子春秋》等。徐缙（？—1540），所藏多历代诗文集，尤其是唐人诗集，曾用铜活字排印《曹子建集》《唐五十家诗集》。徐缙子徐玄佐，传承家学，藏有明刊本《注解章泉涧泉二先生选唐诗》等。徐霖（1462—1538），建有"快园"，藏宋椠《隶释》等。黄鲁曾（1487—1561），好购书，黄鲁曾刻《唐僧弘秀集》《列仙传》《孔子家语》《方脉举要》《两汉博文》等多种。弟黄省曾（1490—1540），父亲遗产悉以购书，刻《汉唐三传》。弟黄贯曾，有浮玉山房，辑刻《唐诗二十六家》。省曾子黄姬水（1509—1574），刻《两汉纪》。袁表（1488—1553），藏有葛洪《神仙传》《莁录》，抄鲜于枢《困学斋杂录》，刻《唐皮日休文薮》。弟袁褧（1495—1573），家有石磬斋，以藏书刻书为务，刻有六臣本《文选》《金声玉振集》《世说新语》等。袁翼，闻有异书，辄求购。藏《博雅》等，刻《皇甫冉诗集》《皇甫曾诗集》《王昌龄诗集》《李翰林别集》等唐人集。王守（1492—1550），父贞，蓄古器物书画，王守藏书读书于洞庭林屋。弟王宠（1494—1533），手写经书、《唐宋八家文》，藏宋刻《云斋广录》《东观余论》、元本杨子《法言》等。沈与文，有野竹斋，藏书甚富，以刻书著名，刻《西京杂记》《韩诗外传》《何氏集》《画鉴》《近书》，《太平广记》有野竹斋钞本。钱谷（1508—1578？），读书"悬磬室"，手抄校勘书几万卷。

长洲人沈周（1427—1509），为"吴门画派"领袖，所居水竹，图书鼎彝，充韧错列。子沈云鸿（1450—1502），特好古遗器物书画，长于考订。邢量（约

1430—1491），为明中期吴中隐士藏书家代表，居室卧榻之外，均手自校定之书。族孙邢参（？—约1520），所居室中列古书，收访文献广涉金石。吴宽（1435—1504），藏书多手钞本，丛书堂抄本名满大江南北，撰有《丛书堂书目》。朱存理（1444—1513），闻有异书必访得，手自缮录前辈诗文百余家，群经诸史，下逮稗官小说，无所不有。徐源（1440—1515），好藏书读书。弟徐澄，有望洋书堂，藏书数千卷。顾元庆（1487—1565），夷白堂藏书多达万余卷。陆完（1458—1526），藏有《清明上河图》、米芾书《苕溪诗卷》、宋刻《史记》等。俞宽夫，每见奇书，手自誊录，抄《括异志》等。祝允明（1460—1526），藏书多手抄，抄有《夷坚丁志》《孟浩然诗卷》《六体书诗赋卷》《草书杜甫诗卷》《古诗十九首》《草书唐人诗卷》《草书诗翰卷》等，并留意金石文献。唐寅（1470—1523），建有藏书楼学圃堂，藏书多而注重版本质量，以宋元版本为佳。勤读书校书，每校一书，既有题识，又在卷尽写山水人禽竹木或书小诗，显示艺术才华。文征明（1470—1559），精于鉴赏，藏书多宋元本、名人书画和手录手校本。长子文彭（1497—1573），精于鉴别，藏书精妙绝伦。次子文嘉（1501—1583），喜藏书抄书，精于鉴别古书画。文征明侄文伯仁（1502—1575），好藏书，精鉴别书画。文彭长子文元肇（1519—1587），辑《文氏家藏集》，纂

《虎丘山志》。次子文元发（1529—1602），藏书甚富。文彭孙文震孟（1574—1636），藏书万卷，所著《姑苏名贤小记》二卷，万历四十二年以文氏竺坞名刊刻，订正归有光《老庄评注》十二卷，天启四年刊刻，手写《金刚般若波罗蜜经》、文征明《甫田集》等。震孟弟文震亨（1576—1645），家富藏书，遇世见孤本，必赏鉴为快，藏其祖所藏元刻《资治通鉴》等本。

太仓人陆容（1436—1494），藏书数千卷。陆容子陆伸整理家藏，编成《式斋藏书目录》。周坤，有昭远楼藏书处。周锡（1490—1569），建照远楼、三是堂藏书。

吴江人史鉴（1434—1496），精鉴赏，有"日鉴堂"，为书画收藏大家，搜罗唐宋以来书画。

明代后期从万历十年（1582）张居正去世到崇祯十七年（1644）明朝灭亡，商品货币经济和资本主义萌芽继续缓慢发展，进入近代社会转型期，内忧外患，明朝逐步走向没落，苏州私人藏书风气虽盛而藏家聚散变化，曲折发展，藏书经战乱毁散至多。

常熟人陈瓒（1518—1588），藏书室济美堂，有充栋宇汗牛马之蓄。子陈禹谟（1548—1618），曾据其父所得旧抄本《北堂书钞》翻刻，并作补注，又刻《谈冶录》《七雄策纂》《周易说旨》，自辑刻《骈志》《经言枝指》《说储》《广滑稽》等。何钫（1525—1603），好藏书，校刻《南九宫谱》《太和正音谱》等。钫子允泓（1585—1625），自唐宋以来经世大典，捃摭解剖，穷极指要。钫弟何錞，好抄校书，收藏善本甚多。錞子何德润（1569—1622），好藏书，焚香布席，书帙井然，喜欢刻书行世。德润次子何述稷，藏书室晴蓑草堂，藏书颇富。述稷弟何述皋（？—1642），蓄有古镜，娶藏书家秦四麟孙女秦淑为妻，夫妇为藏书家。錞孙何云，藏书绰有家风。钫从孙何大成（1574—1633），妻赵氏为脉望馆赵琦美妹，夫妇藏书，有娱野园贮书，与吴翊凤、冯舒兄弟相互转借，手自传录。赵用贤（1535—1596），勤于抄写购藏，有松石斋，贮书2000余种、上万册，编有《赵定宇书目》，刻《管子》《韩非子》《玉海》附《词学指南》等，又以木活字印行《十子》。子赵琦美（1563—1624），建脉望馆，编《脉望馆书目》著录所藏图书近5000种、20000余册，开近世著录残宋本先例，刻书36种126卷，抄校辑集《古今杂剧》被誉为研究我国戏剧史的宝库。秦四麟，有致爽阁藏书室，藏书多校勘，抄有《三国志注》《洛阳伽蓝记》《稽神录》《乌台诗案》《游宦纪闻》等。钱希言（1573—1638后）万历二十八年刻《荆南诗》二卷。钱孙艾（约1626—约1645），常与人通借抄录，藏书室幽吉堂，藏书有"钱氏幽吉堂考藏""颐仲""钱孙艾印""钱氏幽吉堂收藏印记"等钤记。马弘道，好藏书抄书，手抄本范成大《石湖居士集选》《名贤汇语》《玉山名胜集》诸书，《藏书纪要》称其抄藏善本与毛晋父子、冯舒、冯班、陆贻典、钱曾并举。冯复京（1573—1622），藏书万卷，多为精本。曾刻印自撰《六家诗名物疏》及《提要》。子冯舒（1593—1649），家富藏书，藏书室空居阁，多异本，精于校勘，顺治四年自刻《怀旧集》，刻自撰《诗纪匡谬》，嗜手抄，与弟班抄校《玉台新咏》，抄汉王符《潜夫论》、晋支遁《支遁集》等，有"冯己苍手校本""上党大冯""屏守居士""长乐""己苍""空居阁""癸巳人"等钤记。冯班（1602—1671），好藏书、抄书、校刻，自撰刊《钝吟集》3卷，抄有汉刘向《列仙传》、梁刘勰《文心雕龙》等，所抄藏书有"上党""上党冯氏藏书""臣班""定远""二痴"等钤记。冯知十（？—1645），好藏书抄书，抄有《商子》、唐杜荀鹤《杜荀鹤文集》、唐温庭筠《温庭筠诗集》附别集、宋张敦颐《六朝事迹编类》等，藏有宋刻本《标题徐状元补注蒙求》、明正德刻本《宋林和靖先生诗集》、明郝梁刻本《张文潜文集》，抄藏书有"冯彦渊读书记""冯彦渊收藏记""彦渊""彦渊收藏""知十读书记"等钤记。冯武（1627—？），藏书室世孕堂，康熙十六年（1677）与陆贻典共校《武林旧事》，汲古阁毛氏刻书多经其校定，所藏书多有跋记，并有"海虞冯武""窦伯父""冯印长武""简缘""冯武之印""冯氏藏本"等钤记。

长洲人刘凤（1517—1600），建藏书楼"菲载阁""清举楼"，所藏书达数万卷。吴岫，聚书逾万卷，有《姑山吴氏书目》。许自昌（1578—1623），筑梅花墅，蓄养家乐，藏书万卷，手自校勘，并四世收藏，刻有《太平广记》、编校《李杜合刻》《皮陆倡和集》等。自昌作有传奇《水浒记》《橘浦记》《灵犀佩》《弄珠楼》《报主记》等。子许元溥，自号千卷生，与黄宗羲约为抄书社。许元恭，继承父刻书事业，刻王世贞《读书后》等。许元方（1602—？），藏许自昌《咏情草》等。元方子许虬，入籍昆山，有万山枝楼藏书，撰《藏书旧庐序》。元溥从子许潍，藏元刊《范德机诗集》等。自昌曾孙许心宸（1659—？），藏明钞本《刘子注》等。

吴县人钱允治（1541—？），老屋三间，藏书充栋。

昆山人张应文有"清閟藏"，藏书约千百册，子张丑（1577—1643）收藏书画丰富，著《清河书画表》一卷、《清河书画舫》十二卷、《真迹日录》三集七卷、《南阳法书表》一卷、《南阳名画表》一卷、《法书名画见闻表》一卷。葛锡璠（1579—1632），家富藏书，有八子均好学，尽以书畀诸子。三子葛鼐，曾以永怀堂辑刻书多种。四子葛鼐（1612—？），所藏达三万卷，曾辑所评骘自《左》《国》《史》《汉》迄唐宋八家外，复辑二十二家，海内号称"葛板"。

太仓人王世贞（1526—1590），自称平生所购《周易》《礼经》《毛诗》《左传》《史记》《三国志》《唐书》之类，过三千余卷，均为宋本精椠，家有"弇州园"，园后建"小酉馆"，贮书三万余卷，另将经学之书藏"藏经楼"，对宋元本作"尔雅楼"贮藏，"九友斋"藏宋本两汉书。王锡爵（1534—1614），家有"赐书堂"，收藏书籍、书画甚富。王世懋（1536—1588），藏书多宋版。赵宧光（1559—1625），营筑寒山胜，开创了吴郡寒山摩崖石刻群，著书不下数万卷，构"小宛堂"，藏书甚富。

吴江人史兆斗（1575—1661），性喜蓄书，多秘本，手自缮录雠校，积至数千百卷。史积中，藏书有"吴江史氏藏书""松陵史蓉庄藏""史积中印""梧轩主人""秀夫"诸印。

明末清初，随着中国文化中心不断向江南转移，苏州私人藏书在原有积聚基础上发展具有苏州特色的藏书文化元素，逐渐形成以钱谦益为代表的具有辐射和影响力的虞山藏书流派，主要特色是开放者之藏书、读书者之藏书、好古敏求者之藏书、有识者之藏书。虞山派藏书家藏书致用、流通古籍的思想占主导地位，他们通过编印家藏书目来传播藏书信息，或以刻书为己任来广传秘籍，或提供借用以共享私藏。虞山派藏书家都是勤奋好学者，藏书笃挚，读书专勤，精于校勘著述。虞山派藏书家好古收藏，藏书追求精致，质量一流，所藏多宋元本、抄本及稿本。虞山派藏书家在藏书理论与实践上讲究创新，藏书家有自己的藏书理论，撰有大量藏书目录、藏书题跋。孙从添所撰《藏书纪要》系统地总结了虞山派藏书家的藏书工作经验和方法，成为虞山派藏书家藏书理论的代表作，对后来的私人藏书家产生了重大的影响。

参考文献：

［1］叶昌炽著、王欣夫补正、徐鹏辑：《藏书纪事诗附补正》，上海古籍出版社1989年9月版。

［2］南京师范大学古文献整理研究所编纂：《江苏艺文志》，江苏人民出版社1994年6月—1996年8月版。

［3］任继愈主编：《中国藏书楼》，辽宁人民出版社2001年1月版。

［4］傅璇琮、谢灼华主编：《中国藏书通史》，宁波出版社2001年2月版。

［5］范凤书著：《中国私家藏书史》，大象出版社2001年7月版。

［6］叶瑞宝主编：《苏州藏书史》，江苏古籍出版社2001年6月版。

明末清初以来的苏州私人藏书

苏州藏书源远流长，代有藏家，历代藏书家、藏书楼数量多，藏书质量高。特别是，明末清初出现了以钱谦益为代表的具有辐射和影响力的虞山藏书流派，苏州成为中国的私家藏书中心地。

明末清初苏州私人藏书

明末清初，随着中国文化中心不断向江南转移，苏州私人藏书在原有积聚基础上发展具有苏州特色的藏书文化元素，逐渐形成以钱谦益为代表的具有辐射和影响力的虞山藏书流派，主要特色是开放者之藏书、读书者之藏书、好古敏求者之藏书、有识者之藏书。虞山派藏书家藏书致用、流通古籍的思想占主导地位，他们通过编印家藏书目来传播藏书信息，或以刻书为己任来广传秘籍，或提供借用以共享私藏。虞山派藏书家都是勤奋好学者，藏书笃挚，读书专勤，精于校勘著述。虞山派藏书家好古收藏，藏书追求精致，质量一流，所藏多宋元本、抄本及稿本。虞山派藏书家在藏书理论与实践上讲究创新，藏书家有自己的藏书理论，撰有大量藏书目录、藏书题跋。孙从添所撰《藏书纪要》系统地总结了虞山派藏书家的藏书工作经验和方法，成为虞山派藏书家藏书理论的代表作，对后来的私人藏书家产生了重大的影响。

这一时期苏州出现了一批有影响的藏书家、藏书楼。如常熟杨彝（1583—1661）的凤基楼，所藏逾万卷。特别是出现了一批有影响藏书和刻书世家。如常熟的钱氏藏书世家，曾推为江南第一家。钱氏藏书自钱宽、钱洪兄弟的柳溪堂、竹深堂收藏古籍和琴剑彝鼎始，至钱谦益（1582—1664）绛云楼被推为当时大江南北藏书第一，钱谦益成为常熟藏书流派的代表，钱谦益、柳如是又为夫妇藏书家。钱谦益的藏书，曹溶记列"大椟七十有三"，多宋、元本、孤本。钱谦益自编《绛云楼书目》，非所藏全目。吴骞《拜经楼藏书题跋记·读书敏求记跋》载："绛云未烬之先，藏书至三千九百余部。"黄永年所藏《绛云楼书目》著录钱氏藏书3951种。钱谦益藏书为读书，于书无所不读，曹溶说钱谦益凡是经其读过的书都能说出旧刻、新版如何，中间差别多少。钱曾（1629—1701）把钱谦益称为"读书者之藏书"。钱谦益利用藏书，曾撰《明史》《讳史》《列朝诗集》《明诗选》《明五七言律诗选》《笺注杜工部集》等。藏书多经校读，所撰藏书题跋之作甚多，今人潘景郑辑为《绛云楼题跋》。钱曾得绛云楼焚余之书，其书目著录3800余种，超过《四库全书》收书数。钱曾编有藏书目录《也是园藏书目》，另有《述古堂藏书目》《述古堂宋版书目》及《读书敏求记》，分别从体制上创立普通书目、善本书目、题跋目录的格式。

常熟毛晋（1599—1659）是全国乃至世界一流水平的私人刻书家，毛氏藏书84000册，汲古阁抄刻之书风行天下，这在中外出版史上罕见。毛晋获奇书好示人，缩衣节食，终身致力于传播秘籍。刊书选择精善之本，多以宋本付梓，并必自雠校，亲为题评，无憾于心而始刊行于世，一生刻书达600多种，刊书版片多达109567块。毛晋还创造性地发明影抄法，字画、纸张、乌丝、图章，追摹宋刻，与宋刊无异。毛晋子襄、褒、衮、表、扆、襄早卒，余均承父业。

昆山顾炎武（1613—1682）是清代朴学开山之祖，生于藏书之家，其高祖藏书六七千卷，嗣祖崇祯十四年（1641）去世时藏书亦六七千卷，顾炎武倡导抄书，所到之处图书伴随左右。昆山徐氏藏书世家，徐履忱（1629—?），少依舅顾炎武避兵常熟语濂泾寓庐，朝夕讨论，后读书郡城，搜集碑碣，撰写题识，著述丰富。顾炎武甥徐乾学（1631—1694）、秉义（1633—1711）、元文（1634—1691）称"昆山三徐"。徐乾学有"传是楼"，藏书甲于康熙朝。有《传是楼藏书目》，著录藏书7000种，又有《传是楼宋元版书目》。徐秉义购求古书，借稿本钞录，藏书近万册，《培林堂书目》著录3016部。徐元文致仕归惟图史数千卷，有《含经堂书目》。

洞庭东山叶奕、树廉（1619—1685）兄弟节衣缩食聚书购书抄书，树廉藏书至数千卷，条别部居，精辨真赝，手笔校正。孙从添《藏书纪要》称其藏书校对精严超过钱曾的藏书，并称他的抄本为"至宝"。奕子叶修、叶裕（1636—1659）好学多藏书。

清代中期苏州私人藏书

清代中期经济发展，社会相对稳定，苏州藏书世家辈出，藏书刻书繁盛。乾嘉学派以考据为主要治学方式，重视客观资料，特别是以惠栋为首的吴派广泛搜集汉儒的经说，加以疏通证明，推动苏州私人藏书事业在藏书、编目、校勘、刻书等方面更加体现严谨之风。

吴县惠氏本是藏书世家，惠周惕（？—约1696）及子士奇（1671—1741）、孙栋（1697—1758）以经学传家，周惕好藏书，家有《惠氏百岁堂书目》三卷。士奇得一善本，倾囊勿惜，或借读手抄，校勘精审。惠栋于经史、诸子、稗官、野乘无所不览，家有"红豆山房""百岁堂""九曜斋"藏书处，藏有《苍厓先生金石例》《蜀鉴》《麟台故事》《唐音集注》《吴郡志》《乾象变易录》等善本，校勘精详。

吴县洞庭席氏为藏书刻书世家，席启图（1638—1680），储书万卷。弟启寓（1650—1702）迁居常熟，往来两地，康熙南巡献以"琴川书屋"名所辑刊《唐诗百名家全集》，又有雕本《十三经》《十七史》行世。启寓长子永恂与弟前席有藏书室名嘉会堂，刻陆陇其遗书《三鱼堂文集》。启寓玄孙世臣好古嗜学，家富藏书，以史部居多，得到秘本多梓行传世，所刊书均亲自校雠，所居室颜其名"扫叶山房"，所刻书版心多有"扫叶山房"字样。

长州汪士钟（约1786—?）有艺芸书舍藏书，其父文琛始藏书，士钟蓄志搜罗宋元旧刻及《四库》未收之书，所撰《艺芸书舍宋元本书目》载宋本320种，元本196种。汪氏刻有《宋本孝经义疏》《仪礼单疏》《刘氏诗话》《郡斋读书志》诸书，雠校审慎，刊刻精美，举世珍若球璧。

"黄跋顾校"代表清代中期苏州私人藏书学术水平。吴县黄丕烈（1763—1825）一生前后收藏了约200多部宋版书和上千种元、明刻本以及大量的旧抄本、旧校本，且多善本，至嘉庆间成为东南藏书家之大宗。黄氏不惜花重金对破损的古籍重加装潢，对残缺的古籍想方设法补抄全，精心校勘了数十种重要和罕见的古籍，用传统的校勘方法，在大量明清抄刻本上保留了宋元版本的面貌。黄氏自编《百宋一廛书录》《百宋一廛赋注》《求古居宋本书目》《所见古书录》等多种书目，发展了目录学中版本目录一派。黄氏长于鉴别，勤于校勘，每遇一书，丹黄雠校，笔耕不辍，所撰题跋、札记今存800多篇，成为后人了解古书的刊刻源流、版本异同、授受经过以及藏书掌故等的重要文献。黄氏主持刊刻了近30种珍贵图书，其刻本少数为用宋体字上版，多影刻本或写刻本，刻印雅致，校勘精良，书法优美，纸墨俱佳，被公认为精善本。嘉庆二十三年（1818）所刻《士礼居丛书》，所收多系罕见珍本。元和顾广圻（1766—1835）师事江声，得传惠氏遗学，涉猎广泛，学识渊博，工于校雠。凡一字之误，必推敲再三，旁征博引，务存其真，从不妄改，有"校书思扫叶，得义等怀金"之誉，毕生以校刻古书为业，被誉为"清代校勘第一人"。顾氏每校一书，必作题跋、札记，为后人所重。

常熟张氏藏书世家自元代南张始祖张孚始至张廷桂历500余年二十二世，代有藏书。特别是，张海鹏（1755—1816）广泛搜集宋金两代遗集及钱曾、毛晋散出的藏书，储于"借月山房"，致力于藏书、刻书、校勘，其所藏书多经读，并据善本校定撰跋，一生拳拳于流传古书，以剖劂古书为己任，先后辑刊大部丛书、类书、总集等3000余卷，所刊书注意精选书籍，精心校勘，刻印精雅。张金吾（1787—1829）潜心藏书、校书、纂辑刻印图书，编有《爱日精庐书目》，其间购书七、八万卷，至晚年藏书达十万四千卷。

常熟陈氏藏书世家世称"子游巷陈氏"，陈揆（1780—1825）家世儒学，旧有藏书，先祖陈璚广求善本，丹黄精整。陈揆又潜心访购、抄录古籍，日夜勤读，校雠著述，成就卓著，其稽瑞楼藏书达10余万卷，所藏以旧抄本、名人校本著称于世，撰有《稽瑞楼书目》，陈揆、张昭容为夫妇藏书家。

常熟瞿氏藏书世家，瞿氏铁琴铜剑楼与山东聊城杨氏海源阁、浙江钱塘丁氏八千卷楼、浙江归安陆氏皕宋楼合称为清代四大著名藏书楼，又有"南瞿北杨"的美称。瞿氏藏书始于瞿进思（1739—1793），而有藏书楼恬裕斋、铁琴铜剑楼并有大规模藏书则始于瞿绍基，瞿氏历经五代递藏，其藏书以求精、重用见长，藏书所收必宋元旧椠。瞿氏道光年间大量收购陈揆稽瑞楼、张金吾爱日精庐等散出之书，收入《铁琴铜剑楼藏书目录》的图书1194种，其中宋刻173种、金刻4种、元刻184种、明刻275种、抄本490种、校本61种、其他7种，所收止于元人著述，明清著作未入目，藏书精品尤在经部，并以抄校精良闻名于世，许多罕见之书通过影抄、精抄传世，《铁琴铜剑楼藏书目录》中抄本 490 种。瞿氏铁琴铜剑楼以藏书为主，又兼藏文物，且多乡邦文献，成为区域文献渊薮。

清代后期苏州私人藏书

清代后期经济中落，民族矛盾突出，外患加亟，社会动荡不安，苏州私人藏家艰困生存，此散彼聚，颇不稳定。这一时期苏州有影响的藏家有：

常熟赵氏藏书世家，藏书从赵承谦起，在明末有赵用贤父子的松石斋、脉望馆藏书闻名天下，在清代后期有赵宗德（1824—?）、赵宗建（1828—1900）兄弟的旧山楼藏书，所藏多罕见秘籍。赵宗建的《旧山楼书目》著录 647 种、3990 册，其中宋、元抄校本约百种。旧山楼所藏惊人秘籍便是赵琦美抄校本《古今杂剧》，曾经钱谦益、钱曾、季振宜、何煌、黄丕烈、汪士钟诸家递藏，汪氏书散出后为旧山楼收得，今归国库，被誉为研究我国戏剧史的大宝库。

常熟翁氏藏书世家，藏书从翁应祥兄弟有藏书记录起，历时 400 多年 10 多代。翁氏有祖孙藏书家翁同龢祖父咸封、父心存、兄同书、同爵，兄弟藏书家翁同书、同爵、同龢兄弟，夫妇藏书家翁心存夫妇。翁氏大规模藏书则在翁心存与同书、同爵、同龢两代，藏书好宋元本、多为抄本、重稿本，多批校注本，藏书均是经读之本，特别留意乡邦文献，并多书画精品。

元和顾氏藏书世家，顾氏过云楼自道光以来传藏超过六代，有"江南收藏甲天下，过云楼收藏甲江南"之誉。顾文彬（1811—1889）精于鉴别，著有《过云楼书画记》十卷，载所藏二百五十件书画精品。顾承（1833—1882）精于书画鉴赏，著有《过云楼初笔》《过云楼再笔》《吴门耆旧记》等，曾集拓新旧印章刊印《画余庵印存》《画余庵古泉谱》《百纳琴言》。

吴县潘祖荫（1830—1890）有"滂喜斋"，金石、图籍充栋。潘祖荫每读一书录题解，成《滂喜斋读书记》二卷。另有《滂喜斋藏书记》，著录一百四十一种宋元刻本、明初本、日本、朝鲜刻本。有《滂喜斋宋元本书目》著录宋元本一百二十七种。辑《滂喜斋丛书》四函，收书五十种。辑《功顺堂丛书》，收书十八种。所藏金石有西周康王时代礼器大盂鼎、大克鼎，青铜、甲骨、龟板等。

长州叶昌炽（1849—1917）家有"治廧室""五百经幢馆"，藏书三万余卷，藏碑九箱。所著《藏书纪事诗》勾勒藏书家史实，每位藏书家各撰绝句一首，为总结藏书家史实总集，以史料收集广泛、史论内容精当、编著体例适洽，奠定其在中国古代藏书史研究领域开山发凡地位。

近代以来苏州私人藏书

近代以来，公共图书馆不断发展，私家藏书则在历次战乱中几经聚散，逐渐减少。特别是在日本军国主义入侵时期，各私家藏书均遭巨劫。期间有影响的藏书家如常熟丁祖荫（1871—1930），以毕生精力从事地方文献的搜集整理，爱好藏书，曾得莫氏铜井山房旧藏精善本多种，又得旧山楼藏《古今杂剧》等精品。周大辅有藏书处名"鸽峰草堂"，所藏多善本精钞，藏抄书积万卷。

新中国成立后，苏州的不少藏书家和后辈继承人，为使藏书发挥更大的作用，将多数有价值的精本、善本，或捐赠或作价，贡献国家图书馆或文物保管部门。由此，苏州及各市区图书馆、文管会所藏古籍亦以数量多、质量好闻名。

在公共图书馆发展的同时，私家藏书的传统仍为当代人所继承和发扬。"文化大革命"中，私家藏书多有散佚。中国共产党十一届三中全会后，私家藏书又得到复苏，庋藏有惊世精品者已不乏其人。如常熟曹大铁（1917—2009），精于鉴别，爱好收藏，被誉为"常熟末代藏书家"，其菱花馆《藏书目录》所载150多种，多旧山楼善本。常熟翁氏后人翁同龢玄孙翁兴庆

（1918—　）的"莱溪居"传藏翁氏藏书精品80种、542册，2000年将翁氏藏书整体回归祖国，转让给上海图书馆。苏州顾氏过云楼后人1992年将过云楼精品包括宋版《乖崖张公语录》等541部3707册转让给南京图书馆，2002年又将过云楼精品包括宋版《锦绣万花谷》前后集、宋杜大桂编纂《皇朝名臣续编碑传婉琰集》、元刻元胡一桂撰《周易启蒙传三篇外传一篇》、元黄瑞节附录《易学启蒙朱子成书》、元太监王公编《针灸资生经》等179部1292册转让给南京图书馆，成为中国文化界盛事。

张元济与瞿启甲的交往

张元济与瞿启甲都是著名藏书家，同志传承文化。瞿启甲支持张元济影印出版《四部丛刊》，提供铁琴铜剑楼所藏宋元古籍珍本 81 种作为影印底本，成为当时《四部丛刊》诸编所采录的私家藏本之冠，此举对于保护我国古代文献遗产功不可没。

一、张元济与瞿启甲的友情

张元济（1867—1959），字筱斋，号菊生。原籍浙江海盐。光绪壬辰（1892）进士。曾任总理各国事务衙门章京。戊戌变法时光绪帝曾破格召见，政变后被革职。1898 年冬任南洋公学管理译书院事务兼总校，后任公学总理。1902 年，应商务印书馆创办人夏瑞芳邀请入商务，1903 年任编译所长，1916 年任经理，1920—1926 年任监理。1926 年任董事长直至逝世。张元济主持商务印书馆期间，组织了大规模的编译所和涵芬楼藏书，制订实施系统全面的编辑出版计划，以清廷提倡新学、废除科举为契机，组织编写新式教科书；精心选择、组织翻译出版了严复翻译的《天演论》、林纾翻译的《茶花女》等一大批外国学术和文学名著，编辑出版《辞源》等一大批工具书和《东方杂志》《小说月报》等有广泛影响的杂志。从1915年开始筹备，1919—1937年动用国内外50余家公私藏书影印出版《四部丛刊》《续古逸丛书》、百衲本《二十四史》3种丛书共610种近2万卷。1949年张元济被特邀参加中国人民政治协商会议并选为全国委员会委员，后又选为第一届全国人民代表大会代表。张元济精于版本目录之学，著有《涵芬楼烬余书录》《宝礼堂宋本书录》《涉园序跋集录》《校史随笔》《张元济日记》《张元济书札》《张元济傅增湘论书尺牍》。

张元济在影印出版《四部丛刊》《续古逸丛书》、百衲本《二十四史》和藏书、著书过程中与常熟铁琴铜剑楼主人瞿启甲建立了深厚的友谊。友谊的基础是张元济与铁琴铜剑楼第四代楼主瞿启甲都生于藏书世家，同志传承文化。

张氏耕读传家，为当地的文化世家。张元济在《排印本〈张氏艺文〉序》中说："余家海盐号称旧族，历数百年读书种子不绝。家乘所纪先人遗著凡数十种。"①

---

① 张元济：《张元济全集》第10卷《古籍研究著作》，商务印书馆2010年11月版，第96页。

张元济的九世祖张惟赤所创涉园，为清初江南著名藏书楼。六世祖张宗松，字青在，藏书最著名，有《清绮斋书目》四卷，刻宋李璧撰《王荆公诗注》五十卷。张宗松的兄弟9人中，有6人以藏书著名。当年的张氏涉园藏书丰富，与瞿氏铁琴铜剑楼一样，是开放的藏书楼。张元济在《排印本〈涉园题咏续编〉序》中记："余家涉园，为大白公读书之处，创于明万历之季，逮螺浮公始观厥成。林泉台榭，为一邑之胜。历康、雍、乾、嘉四朝，修葺不废。四方名士至余邑者必往游，游则必有题咏。嘉庆丙寅，鸥舫公集而刊之。又数十年而洪、杨难作，园始毁。"① 张元济在《排印本〈海盐张氏涉园丛刻〉跋》中记"闻先大夫言"："吾家世业耕读，自有明中叶族渐大，而以能文章掇科第者，首称符九公；然绝意仕进，潜心义理经济之学，门弟子极盛，咸称曰大白先生；尝筑屋城南，读书其中，今所谓涉园是也。"又述："吾涉园藏书极富，积百数十年，未稍散失。嘉、道之际，江、浙名流，如吴兔床、鲍渌饮、陈简庄、黄荛圃辈，犹尝至吾家，借书校雠。青在公博通群籍，性耽吟咏，尤喜刻书；群季俊秀，咸有著述，剞劂流布，为世引重。自更洪、杨之乱，名园废圮，图籍亦散佚罄

---

① 　张元济：《张元济全集》第 10 卷《古籍研究著作》，商务印书馆 2010 年 11 月版，第 97 页。

尽，而先世所刻书，更无片板存焉矣！"①

张元济与瞿启甲有着共同的爱好，并相互仰慕。瞿启甲在为《涵芬楼烬余书录》所撰序文中高度评价张元济创办涵芬楼和影印《四部丛刊》的贡献，称："张菊生先生手创涵芬楼，附设于商务印书馆，广事搜罗，遍求海内外异书，承会稽徐氏熔经铸史斋、长洲蒋氏秦汉十印斋、太仓顾氏谀闻斋、北平盛氏意园、丰顺丁氏持静斋、江阴缪氏艺风堂、乌程蒋氏传书堂之敝，以故珍秘之本，归之如流水，积百万卷，集四部之大成，虽爱日、艺芸，不能专美于前矣。先生精于校雠，不愧家风（先生六世祖青在先生喜藏书，并延通人手写校刊，至今为人称道）。其影印《四部丛刊》《续古逸丛书》、百衲本《二十四史》，复宋元旧刊本之本来面目，尽泄天地间之秘藏，其嘉惠土林，有功文化，不在黄、顾下，岂仅抱残守缺而已哉。"②

张元济撰《题瞿良士遗像》诗，对铁琴铜剑楼及传人瞿启甲予以高度评价：

---

① 张元济：《排印本〈海盐张氏涉园丛刻〉跋》，张元济：《张元济全集》第 10 卷《古籍研究著作》，商务印书馆 2010 年 11 月版，第 94 页。

② 瞿启甲：《〈涵芬楼烬余书录〉序》，张人凤编：《张元济与中国近现代图书馆事业》，上海科学技术文献出版社 2014 年 9 月版，第 235—236 页。

故侯门第忠宣裔，小隐田园罟里庄。最美幽人性馨逸，半耕半读是家常。

有书可读真为福，况属人间未见书。万卷人家今有几？双丁杨陆尽邱墟。

君家遗泽最绵长，虹月归来未散亡。赖有孙枝勤爱护，又经浩劫度红羊。

真能爱护在流传，鸿宝珍藏意未安。深幸一瓻频借与，故教四部得丛刊。

异书思作荆州借，二客相从鼓栧来。鸡黍共君情似昨，人琴剩我首重回。

不堪回首卅年前，每望黄垆一怆然。差喜父书能共读，诸郎才调尽翩翩。

子弟翩翩未易才，铁琴铜剑好追随。危楼百尺灵光峙，况在阶前有白眉。

海内此楼足千古，江南文物系几希。他年获见新堂构，定有英灵来护持。①

张元济影印出版《四部丛刊》《续古逸丛书》、百衲本《二十四史》得到瞿启甲的全力支持。当瞿启甲

———————

① 张元济：《张元济全集》第 4 卷《诗文》，商务印书馆 2007 年 9 月版，第 195—196 页。

遇到困难时，张元济同样全力帮助。时在民国十九年（1930），瞿启甲遭遇人为麻烦，孙舜臣、郑亚风等向教育部呈控瞿启甲有私藏祖遗藏书出售外人之事。经上海特别市府调查，并无孙舜臣、郑亚风其人。有关当局欲查封藏于法租界的瞿氏运沪之书，因交涉手续日期颇久，被张元济、蔡元培等所闻并作证瞿书无外售，瞿书才未被查封。

民国十九年（1930）10 月 14 日，蔡元培致函张元济："菊哥同年大鉴：别后，弟于十二日之夜车来京。瞿氏藏书事，已与蒋梦兄谈及，教育部得证明函，即可销案，请勿念。……专此，并祝著祺。弟元培敬启。十月十四日。"张元济复蔡元培函："呈寄与董康等联名保证瞿氏藏书公函。我兄护持文化，加以梦麟兄调庇善良，必能消弭于无形也。"①

民国二十年（1931）2 月 2 日、6 日，教育部社会教育司于上海《时事新报》上发表《常熟铁琴铜剑楼藏并无私售与外人情事》。民国二十年（1931）2 月 6 日（庚午十二月十九日）的《徐兆玮日记》详载张元济、蔡元培等帮助瞿启甲的过程："五日《时报》载《铁琴铜剑楼并无讨论价买》云：教育部社会教育司来函云，

---

① 高平叔，王世儒编注：《蔡元培书信集》下，浙江教育出版社 2000 年 5 月版，第 1174 页。

顷阅本月二日京沪各报，载有中央函请价买铁琴铜剑楼藏书新闻，内称本部将派员视察，并讨论价买办法等语。查与事实不符，兹将本部办理此案经过略述于下。去年五月间，本部据常熟公民孙舜臣呈控瞿启甲私将祖遗之铁琴铜剑楼藏书售与外人，请予查禁。到部当以瞿氏藏书为国内四大藏书家之一，倘将此项典籍流出国外，殊为可惜，经部分咨财政部、上海特别市政府，并训令上海特别市教育局分别查禁。嗣迭接蔡元培、纽永建、张一麐、张元济、狄膺诸先生先后来函证明，所控不实，即经分别咨令，停止执行。同年十月间，又据党员郑亚风代电，案同前情，即经本部致函蔡元培先生查询究竟，旋得蔡先生复函，谓瞿氏售书确非事实，请加意护持，勿为浮言所动，并附送张元济、董康两先生担保函件到部，故将此案暂付存查。本年一月十六日准中央执行委员会秘书处函奉批交办上海特别市执行委员会呈为据报，常熟铁琴铜剑楼藏书有私售于外人之说，请给价接收，以保国粹一案。当经本部将以上办理经过情形复请转陈核示，本月二日续准中央执行委员会秘书处函，复略称经陈奉常务委员批照，令行上海特别市执行委员会，除上会以呈悉查，此案业经蔡委员元培向教育部负责证明，瞿氏并无私将藏书售与外人情事，所请应毋庸议等语，指令知照外，特此函复查照。现在此案已暂告结束，本部并无派员视察及讨论价买办法情事，诚恐传闻失实，用特函请贵报代为发表，至纫公谊。阅此《新闻报》所载收买藏书非尽无因，而是案真相转因此而大白云。"①

张元济与瞿启甲的友情，包括生活上互相照顾以及对下一辈的关心。1925年春，瞿启甲子凤起经张元济介绍入南洋高级商业学校学习。1927年10月17日至23日，张元济遭绑匪劫持期间，瞿启甲与子旭初、凤起父子上门慰问，张元济珍藏有"被劫友朋慰问名刺并谢信"名刺。②1937年，经瞿启甲证婚，翁同龢玄孙翁万戈与张元济侄孙女张祥保在上海的国际饭店订婚（后1944年解除婚约）。

二、影印出版《四部丛刊》

《四部丛刊》汇集当时所能找到的最好的善本，有极高的文献价值，是一部汇集各方面必读书、必备书的小型《四库全书》。瞿启甲支持张元济影印出版《四部丛刊》载入中国近现代出版史册。民国九年（1920）至民国十四年（1925），上海商务印书馆影印的大型丛书《四部丛刊》初编、续编、三编，瞿启甲提供了铁琴铜

---

① 徐兆玮：《徐兆玮日记》，黄山书社2013年9月版，第3350—3351页。
② 张树年：《张元济往事》，东方出版社2015年7月版，第113页。

剑楼所藏宋元古籍珍本 81 种作为影印底本，成为当时《四部丛刊》诸编所采录的私家藏本之冠，此举对于保护我国古代文献遗产功不可没。

张元济倡导编纂《四部丛刊》，有感于"自咸同以来，神州几经多故，旧籍日就沦亡；盖求书之难，国学之微，未有甚于此时者也"，于是影印商务印书馆涵芬楼所藏善本，"复各出公私所储"，瞿氏铁琴铜剑楼成为出私藏之先，楼主瞿启甲列入为影印出版《四部丛刊》25 位发起人之一。①

影印《四部丛刊》之事，始于叶德辉民国八年（1919）五月十六日致函瞿启甲，商借瞿氏藏书以影印出版《四部丛刊》，得到瞿启甲赞同。八月二十一日，叶德辉又致瞿启甲函称："此次《四部丛刊》之印，发端于鄙，而玉成于阁下。"

张元济民国八年八月十六日，与孙毓修乘舟前往常熟与瞿启甲商谈影印出版《四部丛刊》事宜。十七日，张元济、孙毓修在常熟城晤瞿启甲，瞿启甲素抱"书贵流通，能化身千百，得以家弦户诵，善莫大焉"，支持商务印书馆影印出版《四部丛刊》。午后，张元济、孙毓修随瞿启甲乘船至古里。当晚，张元济、孙毓修交瞿

---

① 张元济：《印行〈四部丛刊〉启》，张元济：《张元济全集》第 9 卷《古籍研究著作》，商务印书馆 2010 年 10 月版，第 3 页。

启甲拟借书单一纸，并赠《宁寿鉴古》《客心斋集古录》各一部。十八日，张元济、孙毓修阅铁琴铜剑楼藏书。十九日，张元济、孙毓修交瞿启甲拟借影抄书单，约定明春派人前来拍摄书籍。

民国九年（1920）春，商务印书馆做影印《四部丛刊》准备工作，以巨舶运至古里照相机等工具。摄影古籍设于瞿氏茶厅，一切事务包括借书还书由朱桂负责。工作人员数人寄宿古里后街马姓家。拍摄之书，每晨专册记载，当晚用毕交还，拍摄书籍至年底结束。《四部丛刊》第一批收书 323 种，依据涵芬楼藏书 145 种，采自江南图书馆 37 种，而选用铁琴铜剑楼所藏精品 25 种，列私人藏书第一，版本有宋刊本 15 种、金刊本 1 种、元刊本 2 种、高丽刊本 1 种、明刊本 3 种、影宋抄本 2 种、抄本 1 种，类分经部 5 种、子部 6 种、集部 14 种。

民国十三年（1924），商务印书馆影印《四部丛刊》续编，瞿启甲又尽出家藏供续编选用。《四部丛刊》续编收书 75 种，选用铁琴铜剑楼所藏精品 40 种，占半数以上，版本有宋刊本 14 种、蒙古刊本 1 种、元刊本 3 种、明刊本 13 种、明活字本 1 种、明抄本 2 种、明末清初抄本 1 种、影宋写本 1 种、影宋抄本 3 种、旧抄本 1 种，类分经部 8 种、史部 3 种、子部 12 种、集部 17 种。

民国十四年（1925），商务印书馆影印《四部丛刊》三编。三编收书 70 种，选用铁琴铜剑楼所藏精品 16

种，版本分有宋刊本3种、宋写本1种、元刊本1种、明刊本4种、明活字本1种、明抄本1种、精抄本1种、旧抄本1种、影宋抄本2种、抄本1种，类分史部1种、子部9种、集部6种。

民国十六年（1927）十月初十，张元济致瞿启甲函称："前承盛意，将尽出所藏善本影印行世，嘉惠后学。敝馆不揣冒昧，愿效壤流，仰蒙慨允，不胜感幸。"十月十四日，商务印书馆与瞿启甲签订"租印善本书事议"合同，条款为："第一条，书主允将收藏之善本书租与发行人印行；第二条，两方议定：宋元本书、宋元人写本书，每部在十册以内者，每册赁金贰拾元；在十册以外者，每册赁金拾伍元；明本书、钞本书、校本书，每部在十册以内者，每册赁金拾元；在十册以外者，每册赁金伍元；第三条，发行人应纳赁金于领取借书之日，如数交付，另出收书收条，每书一部填具一张，载明版本册数及本书实值，交付书主收执；第四条，书主收到赁金，另出收款收条，交付发行人收执；第五条，发行人应将原书保存，凡封面、副页、衬纸或夹笺等均不令损坏、散失、于校对完毕后，缴还书主，领回收书收条；第六条，如有损失，赔偿之数照租赁数十倍计算，但全部在二十本以上或最精在四本以下者，应酌量增加至三十倍为止；第七条，发行人允于印行时如登报广告，毋庸叙及书主；第八条，原书拆卸后，旧装规模已失，书主允收回自行精装，由发行人送所印书一份，偿装订之费；第九条，宋元明本中间有钞配者，仍照宋元明本计租费，如发行人已得他书配入，则于交书时照数剔除；第十条，书主允于影印本出版后十年内，不将所租印书另行印行或租借与他人发行。中华民国十六年十一月十四日，立合同书主瞿良士及发行人商务印书馆代表王云五以及保证人宗子戴、张元济（涵芬楼主人）各自签字生效。"

《四部丛刊》三编之后，张元济有续出四编的计划，未刊书目中选用铁琴铜剑楼所藏精品 30 种。但是，1937 年 8 月 13 日日军进攻上海，战火四起，四编出版无法实现。瞿启甲子凤起回忆："尚有再续目录，亦列有十余种。重以抗战军兴，遽告终止。"①

三、张元济与瞿启甲的其他书事交往

瞿启甲支持张元济影印《四部丛刊》事后，张元济与瞿启甲父子的书事交往很多。民国十九年（1930）闰六月初七日至七月初八日，商务印书馆出版《百衲本二十四史·汉书》32 册，系借铁琴铜剑楼藏北宋景祐本

---

① 瞿凤起：《答友人问吾家响应影印〈四部丛刊〉事》，仲伟行、吴雍安、曾康编著：《铁琴铜剑楼研究文献集》，上海古籍出版社 1997 年 7 月版，第 121 页。

影印而成。民国二十五年（1936）十月十八日至十一月十八日，商务印书馆出版《百衲本二十四史·旧唐书》36册，系借铁琴铜剑楼藏宋刊本影印阙卷并以明闻人诠复宋本配补。商务印书馆出版《续古逸丛书》亦借瞿氏铁琴铜剑楼相关藏本。《张元济全集》（第三卷）书信，载张元济致瞿启甲书信18通、致瞿启甲子凤起书信5通，均涉及张、瞿书事交往。①《张元济傅增湘论书尺牍》一书中多处论及向瞿氏借书事。例如，民国十二年（1923）七月二十三日，张元济收到瞿启甲寄赠的铁琴铜剑楼影印《铁琴铜剑楼宋金元本书影》以及《李丞相集》《中原音韵》《秋影楼集》《学古斋启桢宫词》各一部送海盐张氏宗祠藏书楼。民国十四年（1925）五月初七，张元济致函瞿启甲借铁琴铜剑楼所藏《旧唐书》残宋本六十一卷，以参校、辑印旧板《二十四史》。张元济称铁琴铜剑楼所藏《旧唐书》残宋本："实海内孤本，倘能影印流通，实为士林之幸。"五月十七日，张元济又借铁琴铜剑楼所藏宋本《旧唐书》。民国十八年（1929）八月初七日，张元济借铁琴铜剑楼所藏《明志》二十四种、《北石间文集》四册。现存瞿凤起致张元济函载，瞿凤起将《秋声集》等送呈张元济审阅，邀请张

---

① 张元济：《张元济全集》第三卷《书信》，商务印书馆2007年9月版，第519—523，528—529页。

元济至常熟养病，游虞山，附赠常熟指南一册。①

　　同时，瞿氏辑印图书，也得到张元济的帮助。张元济帮助瞿启甲刊印了《铁琴铜剑楼宋金元本书影》《铁琴铜剑楼藏扇集锦》《瞿氏四代忠贤遗像》等图书。民国九年（1920 年）三月，孙毓修访铁琴铜剑楼，阅瞿氏藏书并观《前明常熟瞿氏四代忠贤遗像》，并将《前明常熟瞿氏四代忠贤遗像》带至上海以影印流传。商务印书馆为《瞿氏四代忠贤遗像》所提供的彩色石印技术在当时堪称一流。

---

① 瞿凤起：《致张元济一函》，仲伟行、吴雍安、曾康编著：《铁琴铜剑楼研究文献集》，上海古籍出版社 1997 年 7 月版，第 265 页。

第二辑　书评书话

读《李长之书评》

    伍杰等编《李长之书评》由河北教育出版社2006年9月出版，该书为书评界提供了一本书评典范作品，同时该书又为读者阅读李长之书评提供了一本导读善本。

一、书评典范

    《李长之书评》为书评界提供了一本书评典范作品。

    李长之（1910—1978），是著名文学家、文艺评论家和书评家。他1927年18岁写《读日本满蒙政策一书》，到1976年写《读〈新华字典〉》，近50年间，写了100余篇书评。他的书评涉及语言、文学、生物、哲学、教育、文化等领域，视野广阔，批评范围偏重于哲学、文学，文学之中又偏重于文学理论、诗歌、戏剧、小说作品。李长之有系统的书评理论，他强调书评的公正性，书评家要有批评精神，他在《文艺批评家要什么？》中提出："文艺批评家的态度，无异于自然科学家的态度。为要求真，他的态度便先要忠实。碍了面子，说话是不能忠实的；互相标榜，说话是不能忠实的；受了命令，说话是不能忠实的；别有目的，如想登广告，想出风头，想拉拢，想敲竹杠，是不能忠实的。这些都有害于批评。在自然科学家，也不顾一切，他为的真理。批评家亦如是！自己的工作和使命，是比任何事都重要的，是神圣的，是尊严的，为这，牺牲一切，都在所不惜。只有如此，那小小的创获，也才是对人类有益的事业。"（第48页）李长之强调书评的相对独立性的，他在《我如何作书评》一文中指出："在书评里，我仍然使其存在着我自己的面目，发挥着我自己的主张，抒写着我自己的感触，甚至在文字上，我必力求其不失我自己的调子，即在可能范围以内，必尽量让它成为是可读可诵的，不如此，我不甘心。我很希望，在我的书评中，除了对原书，尽我忠实的公平的褒贬外，我仍要求有独立的价值。加以批评的书，容或是各式各样的，但在所加的批评中，我要使其一致，在思想上，我要有我自己的系统。"（第6—7页）李长之的书评具有批评家强烈的独立批评精神和尊严的人格，书评思想性和教育功能强。李长之书评的体系性和连贯性强，他注意将书评对象与即时文化现象联系起来，将书评对象前后作品之间联系起来。李长之的书评具有艺文性，他视书评写作如创作，他的书评具有浓郁的文学色彩，如书评小品文，风格多样，短小精悍，可读性强。

重新塑造书评形象，弘扬独立批评精神，匡正不良批评风气，学习李长之，像他那样追求独立品格的批评理论与实践，具有现实意义，而《李长之书评》正为书评界提供了一本书评典范作品。

二、导读善本

《李长之书评》为读者阅读书评提供了一本导读善本。

编者精心选择李长之书评作品，全书五卷，分五册，选编了李长之主要的书评理论、现代作品评论、古代作品评论、外国作品评论。书前载伍杰的《总论》，全面论述李长之书评的独特风格和特色，李长之在书评理论上的建树，李长之书评的成就，对现代作品的评论，特别是对鲁迅的全面评论，以及李长之对其他小说作家作品的评论和对散文、戏剧、古典小说、外国作品评论的大量评论，为读者阅读理解李长之书评提供了钥匙。伍杰本来就是当代书评大家，由他评论李长之的书评，就成为又一书评典范。伍杰评论李长之的书评，也

像他提出的李长之书评独特的风格和特色一样，书评评得非常直接、切实、真实、认真。例如，

伍杰概括李长之书评独特的风格和特色有五："一是书评均以书为中心，认真读书，认真评书，惟书是评；二是书评立意宽广，思路开阔，所评门类、作品极多，不为本人专业所限；三是书评立场鲜明，敢讲真话，是非曲直分明，细说真善美，差劣丑：四是书评对被评者无贵贱之分，无亲疏之别，无贱踏和吹捧之嫌；五是书评理论概括与具体剖析融为一体，评得具体，没有套话。"指出李长之"是把书评真正做为一项重要的思想文化事业来做的书评家"。

论述李长之在书评理论上的建树是：李长之提出书评的任务"就是教育"，"是一种唤醒工作"，对人类、对社会、对读者、对作者都负有重要的使命。书评家要有崇高的理想，有宽广的胸怀，有高尚的人格，为人类而战，为真理而战。李长之提出批评家评论一部作品时，必须首先知道作者的本意，要有比创作家更广博的知识和独到的眼力。首先要有三方面的理想：一是艺术理想，二是人生理想，三是社会理想。这就必须具备四个根本条件：第一需要哲学的训练，为的是他好对作家有体系地加以了解；第二需要美学的知识，为的是他好知道这位作家所想表达的和已经表达的是不是还有距离，即使没有距离，是不是完整，倘若完整了，是不是

还有更好的表达方法；第三，需要社会科学的知识，为的是好明白那种作品是在如何的社会背景中生长出来的；第四，需要有伦理学的知识，为的是好判断作者的人生观是不是正确。批评家需要三种学识：一是基本知识，是语言学，文艺史学，基本知识越巩固越好；二是专门知识，是美学或叫诗学，专门知识越深入越好；三是辅助知识，是生物学、心理学、政治经济学、历史学、哲学社会科学，辅助知识越广博越好。李长之提出批评家必须有独立见解，自有主张，而且要公平公正。伍杰论述："李长之在书评理论上比较系统地阐述了诸多方面的见解，讲得也比较深刻，这在20世纪30年代的众多书评家中，除了萧乾可以与之比一比以外，其他人是无法可与他相比的。"伍杰指出：李长之书评中的一个"特殊成就是对鲁迅进行了全面评论"。李长之1935年出版了专著《鲁迅批判》，"这是鲁迅研究史上的一本传世之作"。他对鲁迅的评价，分析，并不很确切，有许多不成熟、不恰当的地方，其观点并不能为人们所全部接受。他曾想将此书修订，因种种原因，他的愿望没有实现。但是，在当时，他敢于以一个评论家的胆识和眼光来全面审视鲁迅的人生和他的作品，指出其优长和不足，并请鲁迅自己过目，可算光明磊落，也表现出了一个学者的为学风范，这是十分难得的。指出李长之评说鲁迅的特点是"展现鲁迅的人生，对其作品进行评析，将人生和作品紧密相连，人生和作品互为印证"。指出李长之"对小说的评论比较多，评得冷静、理智，也不失他认真、讲真话的个性"。李长之评论其他作家的作品的态度是"十分鲜明和严肃"的。指出李长之自己是诗人，爱写诗，对诗情有独钟，他除了评论小说外，先后评了12本诗集，还对散文、戏剧、古典小说有大量评论，"评得直接、切实、真实、认真"。总之，伍杰的《总论》本身是当代书评大家的书评范作，是《李长之书评》一书的导读工具。

《李长之书评》的编者为了更有利于读者阅读李长之的书评，特意为李长之每类书评撰写了《前言》，介绍李长之书评的特点，所选李长之书评作品的版本依据，以及有关背景材料等。附录"相关链接"，介绍李长之的其他书评作品和李长之书评作品的其他版本。

此外，编者适当选录他人对李长之书评作品的评论，以方便读者查阅和对照阅读。编者在李长之多数书评作品后面有"编者评析"，介绍李长之书评作品主旨和主要观点以及重要价值。编者在李长之每篇书评作品正文的勒口处用"编者"旁注的形式注明李长之书评作品的出处，或者点明李长之书评的特点和方法以及评价观点是否正确等。总之，《李长之书评》是李长之书评作品的导读善本。

读《汲古阁毛氏世系》

在中国私家刻书史上，若论刻书数量之多、影响之大、流传之广，非汲古阁毛晋莫属。可以说，毛晋是全国乃至世界一流水平的私人刻书家。毛氏藏书 84000 册，汲古阁抄刻之书风行天下，这在中外出版史上罕见。毛氏在传播中华文化方面作出了重大贡献，其出版活动直接推动了晚明至清代的书籍出版，为其后的许多刻书家们所效仿。在毛晋的影响下，常熟一地及其苏、锡、常周边出现了一大批出版家。《江苏刻书》收录明以来常熟一地的重要刻书家 143 家，《江苏出版人物志》收重要出版人物 1040 人，大多受毛晋的影响。如常熟张海鹏学毛晋"以剞劂古书为己任"，刊刻了《学津讨源》《墨海金壶》《借月山房汇钞》《太平御览》《金壶编》等大型丛书、类书和总集，其中《学津讨源》即为增益毛刻《津逮秘书》而刊，可见受毛氏的影响。

关于汲古阁毛氏世系，文献不足，世人知之甚少。2015 年 3 月 16 日，无锡毛氏后人毛国忠相赠毛海圻主编的《西河毛氏宗谱》20 卷，永思堂藏 2013 年 12 月清砚谱社印制 250 部，1 部 2 函 20 册，208 万字，1772页。毛海圻有《西河毛氏续修宗序》，说明该谱为《西河毛氏宗谱》第 13 次续修。卷一有民国十九年（1930）常熟毛家场毛凤五《西河毛氏续修宗谱记事》等，则其续修谱之基础为民国毛凤五等重修的《西河毛氏宗谱》二十卷，民国十九年（1930）木活字本，该族散居无锡、常熟等地。毛凤五等重修的《西河毛氏宗谱》为《西河毛氏宗谱》第 12 次续修。另存有《西河毛氏宗谱》二十卷，清毛可仪纂修，光绪二十二年（1896）永思堂活字本 20 册，毛丁仕始修于宋政和四年，该族散居苏南各地。

据《西河毛氏宗谱》(大宗世表）载，无锡毛氏原居河北真定府元氏县，一世毛昌达（963—?），字上林，景德四年（1007）进士，授翰林院学士，乾兴元年（1022）升知枢密院事。二世毛伦。三世毛元亮，自真定迁南方宜兴琅玕。

四世祖毛恒，有子丁仕、丁林、丁奇。五世毛丁奇，政和二年（1112）拔贡，政和五年（1115）授无锡县儒学，宣和四年（1122）知钱塘县事，因故罢职，遂居锡山之左毛村（今无锡后宅毛家里），为迁锡毛氏始祖。毛丁仕传至十三世毛祥，字瑞卿，元泰定甲子（1324）进士，任徽州歙县主簿，元癸酉（1333）迁升为常州路推官，为常州毛氏始祖。

汲古毛氏之祖从常州毛氏来。有毛时敏，字达斋，子景瑞、景璲、景琛、晋珣。毛景珣，字福声，移居无锡，子鹏。毛鹏，字云鸾，子土、封、基、堦。

毛堦，字希尚，号爱湖，有玺。毛堦携玺迁居常熟七星桥，为毛氏迁常熟始祖。

毛玺，字朝用，子舜、贤。毛舜，原名毛圣，字心湖，子澄、溢、清、鸿、沼。

毛溢，字端吾，子凤鸣、凤岐、凤翥。毛凤鸣子尚綗，尚綗子均逸，字隐耕，迁居常熟南门外毛家场。毛清（1567—1624），字虚吾，子凤苞。毛凤苞（1599—1659），即汲古阁主，字子九，字子晋，号潜在。子襄、褒、衮、表、扆。

汲古阁毛氏家谱有清毛桂道光十九年（1839）撰《汲古毛氏家谱》1卷，南京图书馆古籍部藏抄本，常熟市图书馆藏钱大成跋抄本，后人增辑记事至民国初年。然而，正如毛桂道光十九年（1839）撰《重修家谱序》述："我宗毛氏由来久矣，氏族浩繁，散处异地。"朱超然道光十九年（1839）撰《汲古毛氏家谱序》称："七星桥汲古阁毛氏，家声著于四方，尚矣。惜乎未见其世系。闻父老相传之语，其先本姓靳，由河南东徙此常熟隐湖之东，耕读传家。"《汲古毛氏家谱》载毛氏迁常熟自毛玺始，地方文献又多不传汲古毛氏世系来龙去脉。

《西河毛氏宗谱》完整地将西河毛氏展示出来，其中，卷十八常熟南门外毛家场支世系图、世表，又清晰地显示了汲古阁毛氏，特别是常熟南门外毛家场支的世系。在此基础上，现在汲古学人毛国忠先生又广泛调研，重修《汲古阁毛氏世系》，这对于传承毛氏汲古文化，功德无量。

特以序为贺。

2015 年 3 月 17 日

读《江苏地方文献书目》

　　江庆柏主编《江苏地方文献书目》，广陵书社 2013 年 12 月出版。该书为 2008 年度江苏省社会科学基金项目、江苏省"十二五"重点出版规划项目、2011 年度国家古籍整理出版资助项目，项目从 2008 年 10 月申报至 2013 年 12 月出版，历时 5 年，参与整理和提要的撰写人员有 140 人。全书 300 多万字，收录现存 1949 年之前成书的江苏地方文献 6000 余种，显示了江苏的历史文化生态，反映了江苏一地深厚的历史传承和文化积累。该书在书目编制、文献挖掘和专题汇编等方面富有学术价值。

一、创新编制

　　地方文献广义的包括内容涉及本地区的文献、地方人士著述和地方出版物等，狭义的仅指内容涉及本地区的文献，一般专指地方史料。《江苏地方文献书目》为狭义的地方文献，专门记述江苏历史、地理、政治、法律、社会、经济、军事、教育、科举、人物、金石、文学、语言、艺术、科技、宗教、藏书、出版、家族等方面内容的著作以及地域性的综合类著作。该书在书目编制上的创新主要体现在分类和著录上。

在文献分类上，《江苏地方文献书目》摒弃了古代目录经史子集的分类方法，根据江苏地方文献实际情况，设立类目，按内容进行分类，分设历史文献、地理文献、政治法律文献、社会文献、经济文献、军事文献、教育文献、科举文献、传记文献、金石文献、文学文献、语言文献、艺术文献、科技文献、宗教文献、藏书文献、图书出版文献、家族文献、综合文献19大类，同一类别下的文献按江苏省现设13个省辖市行政区划范围编排，同一省辖市所在地区的文献集中在一起，并按省辖市下所在区县市集中编排。又在各大类下再细分若干子目。如经济文献又分为户口、田地、钱粮、农桑等。又如在文学文献下面设"雅集唱酬"一类。这样就把文献的历史资料性和地方区域性很好地结合起来，并由此形成了许多专题文献，为读者从事江苏研究和地域文献整理研究提供了许多选题，也提供了相应的系列文献资料。

在文献著录上，《江苏地方文献书目》对每种文献详细著录文献名、卷数、版本、册数、馆藏单位及索书号。其中，文献名还标注异名。对同一种文献的不同版本，项数少的逐一著录，项数多的择要著录。对每一版本标注相应的馆藏单位及索书号，有少数无法查到馆藏或索书号的，则在提要中说明所据的资料来源情况。著录详细而有条理，查阅者一目了然，使用起来很方便。

同时，《江苏地方文献书目》对每种文献撰写一篇简明的提要，内容包括作者简介，文献的基本内容、主要特点或具有地域特色的内容。例如：

虞乡续记八卷

清稿本，2册，国图 10648；抄本，一盒，国图胶片/DJ1115（2）

清黄廷鉴纂修。黄廷鉴（1763—?），字琴六，自号拙经逸叟，江苏昭文人。诸生。黄氏年轻时求学于赵同翮、王庭筠。擅长考证学，终日忙碌于古编陈简中，人称"老蠹鱼"。后受聘于张金吾、陈揆家校勘古籍，遂结为密友。"爱日精庐""照旷阁"二藏书楼之书，多数被他校读过，手校者不下十数百种。尤留心乡邦文献。常熟有着悠久的历史，古称虞乡、琴川。关于它的记载甚多，本书便是其中之一。此仿宋朱长文《吴郡图经续记》一书，内容以宋元时期为主，上溯六朝，下逮明代正统年间，凡八卷。卷一为建置沿革、田赋、贡举、官秩，卷二为古迹名胜、第宅园林，卷三金石、冢墓，卷四叙官，卷五叙人，卷六杂录（摭史），卷七杂录（拾稗），卷八杂录（缀琐）。本书自史传记载外，凡地志、类书、谱录、诸子杂家、宋元人别集总集、金石墨迹、残碑断碣等有关常熟者，一并录之。书前有道光七年（1827）十月冬至前十日孙原湘序、屈𫐐序，道光十年黄廷鉴自序。凡被宋孙应时《琴川志》和清毛晋《虞乡杂记》所录者不收，而对桑瑜《常熟志》等则详录之。此外，本书对山林川泽的古记今说，亦详载之。所引用材料，多注明出处。对原文过长及兼及他事者，或两书所载不同者作有考订。本书所采用的罕见史料，多来自张金吾的爱日精庐、陈揆的稽瑞楼。协编者有黄廷鉴友人屈𫐐、吴景恩、谭天成，弟子张金吾，小门生何元熙、张承洙及黄氏侄黄嘉七人。①

全书后附《书名索引》《作者索引》及《江南乡试题名文献》等有参考价值的文献目录，便于读者检索和利用。

二、挖掘文献

主编参加、前后历时九年编成的《江苏艺文志》②是《江苏地方文献书目》的编著基础，两者比较，《江苏

---

① 江庆柏主编：《江苏地方文献书目》，广陵书社 2013 年 12 月版，第 109 页。
② 南京师范大学古文献整理研究所：《江苏艺文志》，江苏人民出版社 1994 年 6 月—1996 年 8 月版。

艺文志》著录"江苏人写的书"，以人系书、标注类目、考明存佚，没有文献提要和馆藏单位及索书号等重要信息，时或有简注；《江苏地方文献书目》著录"写江苏的书"，是有文献提要和馆藏单位及索书号等重要信息的学术性书目。完成这样的项目需要对江苏地方文献进行普查，编著难度大。编著者"以社会的需要"为编著目标："我们原计划该项目只著录江苏地方文献的目录、馆藏，必要时对一些图书加以简要的说明。但在项目进行中，我们感觉仅有书名等信息而没有提要，难以使读者全面深入了解江苏地方文化的丰富内容和深邃内涵，也不方便使用，所以我们最后决定给每部书撰写一篇提要。然而要给著录的每部书撰写一篇提要，就不仅意味着要增加许多工作量，而且还意味着不能仅依据现有的图书馆馆藏书目著录，而必须看到原书。要看到原书，这就必须到图书馆作实际调查，去寻找资料。显然这要增加很大难度，但考虑到社会的需要，最终我们仍然决定这样做。"[①] 编著者把去各地文献收藏单位寻找江苏地方文献的过程，看作是"感受江苏地方文献无限魅力、领悟江苏地方文化深邃内涵的过程"，事实表明，"我们通过到图书馆实地去调查资料，而不仅仅是依据书目编

① 江庆柏主编：《江苏地方文献书目》，广陵书社 2013 年 12 月版，第 1647 页。

写书目，这一决定是完全正确的。正是在调查中，我们发现了许多珍贵的、现有各种书目都没有著录的地方文献"。①

编著者在不断寻访江苏地方文献过程中完成项目，书中所收文献多为编写者所见，其中不少为编著者文献挖掘的成果。例如，书中所记主编在常州图书馆古籍部所见《毗陵二十四孝图说》《保婴保节局收支清册》《武进荫沙义渡总局征信录》，在扬州图书馆所见清王豫纂《瓜洲志稿》、清谈怡曾撰《扬州咏古五排诗钞》、清施际云辑汪鋆绘图《扬州城东八景图及图说》《扬州百咏拟望江南》、清林苏门撰《续扬州竹枝词》《同光年间扬州名人文稿》、经折装拓本《江北运河决堤碑记》，在宝应图书馆所见清朱效靖辑《朱氏诗文世珍》稿本，在兴化图书馆里所见《李氏丛书七种》，在东台市志办公室所见稿本《亦社汇稿》《民国间东台名人致卢少芗先生函札》等罕见的地方文献。②

所收文献不少是从来没有刊刻出版的稿抄本，保留着文献产生时的原始状态，更直接地反映了当时的社会状况。例如：

① 江庆柏主编：《江苏地方文献书目》，广陵书社 2013 年 12 月版，第 1653 页。
② 江庆柏主编：《江苏地方文献书目》，广陵书社 2013 年 12 月版，第 1647—1654 页。

启祯两朝常熟实录补编一卷

清顺治六年（1649）稿本，1册，苏州图 G0126017；清隐盒稿本，2册，上图线善820492-93；清抄本，题《天启崇祯常熟县实录事迹册》，2册，南图 GJ/115103

清薛维岩撰。薛维岩，号隐盒，江南常熟人。诸生。曾与知县瞿四达构陷冯舒于死地。苏州图书馆藏本每页钤有常熟县满汉官印。清隐盒稿本卷端书名下注"天启四年起，至崇祯十七年"，钤"隐盒"一印，下册封面页题"隐盒手录"。据《世祖实录》记载，顺治二年（1645），清入主中原后，为昭示自己的正统地位，即设馆修纂《明史》。顺治五年，又要求各督、抚、镇、按等衙门将各地天启四年（1624）以后事迹缮写进呈。此按年月记载本县事迹，内容包括河道、灾异、名贤、科举、书院、漕运、节孝等。卷首为常熟县呈文一道，云："江南苏州府常熟县呈：为钦奉上传事。今将本县纂修过《明史》所缺年份，自天启四年起至七年，及崇祯元年后实录事迹，编类造册合行具由开呈，汇送内院纂修，须至册者。计开纂修生员壹名：薛维岩。"所记如："甲子天启四年秋七月，五星聚于张。"以下历记以往所记五星所聚位置。又如："甲子天启四年九月，乡官、翰林院检讨许士柔等一十六人，以夏五月大水，请折漕粮，具揭抚按。"以下记所揭内容。又如："甲子天启四年十二月，掌事苏州通判淦之龙议开白茆塘。"以下历记疏浚白茆塘之经过。一事一记。该书所记如天启四年议开白茆塘、崇祯元年（1628）瞿式耜授户科给事中、三年知县杨鼎熙立公正收粮法、四年杨鼎熙拟定漕兑条议八款、崇祯十二年监生翁汉廖陈救时要务不得入、崇祯十二年二月加征辽米八升脚价一钱三分、崇祯十三年知县蒋文运议贴役法等等，都是研究明末常熟地方经济、政治的重要史料。记事至甲申崇祯十七年三月，所记道："三月十九日，流贼李自成陷都城，帝崩。五月二十二日，报闻到县，地方文武官员、军民耆老人等，哭临如礼。呜呼！帝之功德于是讫矣。编年纪事亦于是讫矣。甲申以后之事，阙而不书，遵功令也。"此因成书较早，文网尚疏，对地方上关于明帝之死之反响，尚可据实记录，以副"实录"之名，不像后世所记多删改隐晦者。清隐盦稿本卷末又书："右呈册。顺治五年知常熟县事瞿四达。"南京图书馆藏清抄本无此文字。[1]

又如：

芝祥随笔三卷

稿本，1 册，南图 GJ/KB1736

清翁曾纯撰。翁曾纯（1834—1895），字子祥，号吉卿，江苏常熟人。同爵子。官浙江知府。此包括咸丰

---

[1]　江庆柏主编：《江苏地方文献书目》，广陵书社 2013 年 12 月版，第 5 页。

八年（1858）记《扬城琐记》一卷、咸丰十年记《游杭杂录》一卷、咸丰十年记《避兵纪略》一卷。卷首有同治元年（1862）自记，云："（咸丰）庚申秋避寇渡江，所有书籍及手钞经史摘要、诗文稿本，俱付劫灰，而日记一本幸未散失，因重装订成帙。非谓有益身心，聊以备述颠末，他时境过时迁，尚可想象数年前事。而其中盛衰之感、离乱之情，亦于此可见矣。"下钤"翁"（圆形）、"曾纯之印"二章。《扬城琐记》记咸丰八年四月十九日从常熟出发到扬州寻访伯父翁同书之事。此写沿途所见有关太平军的情形较详尽。如五月初一到扬州所见，"登岸进城，一片瓦砾场，人烟寥落"。五月初二记道：晚在仪征，饭毕，"闻南岸炮声震地，遂至炮台上瞭望。遥见南岸火光烛天，火箭火弹络绎不绝，系雨花台一带艇船与贼接仗也"。因亲身经历，故所记均极真切。《避兵纪略》记咸丰十年在常熟避太平军事，始于七月初七，终于九月三十日。[①]

翁曾纯亲身经历太平天国战事，期间日记稿本十分珍贵，日记又可见翁氏藏书经战乱散失情况。

再如：现常熟博物馆藏的姚福均辑《海虞文献备考》稿本，不分卷，《重修常昭合志》著录为："海虞艺

---

① 江庆柏主编：《江苏地方文献书目》，广陵书社 2013 年 12 月版，第 46 页。

文志六卷 张瑛序，刊本。原稿名《海虞文献备略》四卷，□氏藏。"① 可见，《海虞文献备考》稿本是《海虞艺文志》六卷的底本，又名《海虞文献备略》。该书"著录常熟人士著作，包括明陆绾《春秋新解》三十卷、钱观复《正静居士文集》十五卷与《论语解》二十卷、张柟《释祭仪》十卷等。各书均有姚福均撰提要。提要主要为作者小传，生平事迹著录甚为详尽，尤其值得注意的是，姚福均还标注了与本书作者有关的其他资料，如其墓葬地等，于常熟文献考证极为有用。稿本首尾完整，10 行 20 字。"②

三、汇编专题

《江苏地方文献书目》所著录的反映江苏历史文化的文献，在地区范围上，包括了今天江苏省的 13 个地级市；时间上，1911 年以前出版或形成的文献基本收录，民国期间产生的相关文献择要收录，1949 年以后形成的文献，酌收内容与传统文化有关，或工具书性质的图书；内容上，所著录文献皆与江苏地方有关，涉及江苏社会

---

① 常熟市地方志编纂委员会办公室标校：《重修常昭合志》，上海社会科学院出版社 2002 年 5 月版，第 838 页。

② 江庆柏主编：《江苏地方文献书目》，广陵书社 2013 年 12 月版，第 1297 页。

生活的各个方面，或政治经济，或风土民情，或文化教育，充分展现了丰富多彩的江苏地情，是了解、研究江苏历史、社会、文化、经济等状况的可靠资料。作为专门书目由于精心分类，各类文献集中反映，成为研究江苏历史、社会、文化、经济等方方面面状况的专题文献。

江苏是中国教育最发达的地区之一，书中收录了大量的教育文献，从中可见至上个世纪二三十年代，江苏已经形成了从初等教育、中等教育、高等教育、师范教育、女子教育到职业技术教育、特殊教育，从学校教育到社会教育完整的教育体系，这些文献是研究江苏区域教育史乃至中国教育史的重要文献。

学术文化与大族盛门不可分离，江苏是我国古代家族制度最发达的地区之一，家族文献最为丰富，《江苏地方文献书目》收录了大量的家族文献，包括家族人物传记、义庄、祠墓、族学、家族著作目录、家集（家族丛书）等。这些文献内容涉及家族经济、文化、管理等各个方面，为研究江苏特别是苏南地区家族的形态特点等提供了重要依据。

江苏尤其是苏南地区，读书风气浓，是中国私家藏书的中心地。《江苏地方文献书目》著录江苏现存私人藏书家的藏书目录有 160 余种。其中，多稿本，如陈作霖的《冶麓山房藏书跋尾》不分卷、《可园存书目录》四卷、《跋尾》五卷、《可园存书跋尾》一卷、《续》一卷，宗舜年的《咫园书目》十卷、《海虞宗氏书录》不分卷、邓之诚的《邓氏丰宝堂书目》不分卷、盛宣怀的《思补楼藏书目录》不分卷、赵宽的《小脉望馆藏书目》、金武祥的《粟香行箧书目》不分卷、《粟香室藏丛书目录》不分卷、缪荃孙的《艺风藏书再续记》不分卷、周锡瓒的《琴清阁书目》不分卷、潘奕隽的《三松堂书目》一卷、潘遵祁的《香雪草堂书目》不分卷、《西圃藏书目》不分卷、潘介繁的《桐西书屋藏书目》、王韬的《弢园藏书目》不分卷、《弢园藏书志》二卷、《遯叟藏书目》、潘祖同的《岁可堂藏书目》四卷、蒋凤藻的《铁华馆藏书目录》不分卷、柳蓉春的《博古斋旧本书经眼录》、叶振宗的《悫斋所有图书目录》不分卷、李根源的《阙茔邨舍藏书目》、朱师辙的《朱氏遗书目》、吴梅的《瞿安书目》、王荫嘉的《二十八宿研斋善本书目》不分卷、《二十八宿研斋珍藏书目》、柳弃疾的《养余斋松陵书目》五卷、胡文楷的《昆山胡氏仁寿堂藏书目》、王保言慧的《书目底本》一卷、《书籍簿记》一卷、《溪山草堂书目》三卷、王振声的《文村题跋》一卷、赵宗建的《旧山楼书目》不分卷、曾之撰的《明瑟山庄书目》不分卷、《群玉楼所收石刻拓本目录》、徐兆玮的《虹隐楼书目汇编》《虹隐楼藏近刊善本书目》、沈煦孙的《师米斋劫余善本书录》四卷、顾葆龢的《顾氏小石山房佚存书录》四卷、《续》一卷、赵贰的《寄存扬州徐君毅宅书图目录》等。[①] 这些藏书目录显现了江苏私人藏书家的图书收藏情况，显现了他们对图书的热爱之情，显示了以珍爱图书为标识的文化行为已成为一个地区的群体性行为。

例如，书中收录现存江苏的地方类文学总集将近500种，为我们考察特定时代一个地域的社会环境、文化风尚、公众心理等提供了丰富的资料与多样的视角，并藉以考察特定空间中的人文性情。

书中收录反映历史江苏的一系列最大历史事件的珍贵文献，如明清易代、太平天国战争、辛亥革命、江浙战争、江苏抗战等。如关于清初江阴城守的文献，就有《乙酉纪事》《澄江守城纪事》《澄江乙酉纪事》《明弘光乙酉年正月起八月止江阴殉难实迹》《江阴守城纪》《江阴守城后纪》《江上孤忠录》《江上愚忠录》《江上遗闻》《江上野史》等。

书中收录较为完备的社会救济与慈善文献、各种城市导游文献、南京愚园雅集文献、晚清和民国时期江苏的乡土教材、民国时期江苏的垦牧公司文献、两淮盐法文献、南洋劝业会文献、无锡国学专修学校文献、民国时期江苏的图书馆文献等，都提供值得研究的课题。

---

① 江庆柏主编：《江苏地方文献书目》，广陵书社 2013 年 12 月版，第 1226—1264 页。

读《钱谦益年谱》

钱谦益（1582—1664），字受之，号牧斋，又号蒙叟、东涧遗老等。钱世扬子，清常熟人。明万历三十八年（1610年）探花，授翰林院编修。天启时典试浙江，转右春坊中允，与修《神宗实录》。因魏忠贤罗织东林党案遭牵连，削籍归里。崇祯初，起为礼部右侍郎，兼翰林院侍读学士。温体仁、周延儒争权遭抨击，再次削籍。弘光时官礼部尚书，拥立福王。入清，授内秘书院学士兼礼部右侍郎，充《明史》馆副总裁。顺治三年（1646年），称病归里。顺治四年、五年，因受卢世㴖、谢陛"私藏兵器"及黄毓祺起义案牵连，两次被逮。释后居家，与郑成功、黄宗羲、李定国、瞿式耜等反清人士有联系。钱谦益诗文在当时极负盛名，东南一带，奉为"文宗"和"虞山诗派"领袖。与吴伟业、龚鼎孳合称"江左三大家"。其诗学提倡并学唐宋，"情真"与"学养"兼备，开启一代诗风。著有《初学集》《有学集》《投笔集》《开国群雄事略》《列朝诗集》《内典文藏》等。钱谦益交游极广，爱好收藏图书，当时大江南北藏书之富首推绛云楼，钱氏成为虞山藏书流派的代表。钱谦益利用藏书，撰《明史》《讳史》《列朝诗集》《明诗选》《明五七言律诗选》《笺注杜工部集》等；所藏多经校读，编有《绛云楼书目》《绛云楼书目补遗》《绛云楼题跋》。由于钱谦益曾降清，在世时遭社会谴责，清政府又禁毁其著作，有关钱谦益的材料，除了《有学集》在康熙年间已有刻本与散见顺、康版本的材料之外，其他材料或以传钞为由，流传过程避而不谈；或因禁锢为名，但云祖传秘籍；一旦刻印之后，覆盖其初次面世痕迹，被后来者当作古籍。① 于是，对钱谦益的生世与行迹，甚至言谈举止，从现有材料中去伪存真，分清历史真实与历史传说，再现人物，十分必要。常熟理工学院方良副教授常年关注钱谦益的研究并逐年累积，终成《钱谦益年谱》。全书 36.9 万字，2013 年 1 月由中国书籍出版社作为中国书籍文库之一出版。《钱谦益年谱》辨章史实，考镜人物，是近期钱谦益研究的重要成果。

一、辨章史实

《钱谦益年谱》将涉及钱谦益的各种文献按编年体

---

① 钱谦益：《钱牧斋全集》，上海古籍出版社 2003 年 8 月版，第 1—9 页。

例，依年月顺序，逐年月记事。每一事必要处均加说明，交代清楚取材范围，对部分古文辞照例作了简化字处理，便于阅读；对于存疑文献，加以点明。

例如，年谱辨析钱谦益《题李长蘅画扇册》记"人从京江来，传言白帝仓空"。与《投笔集》诸记不合问题，考证《投笔集》之名见于《小腽纪年附考》一书，《后秋兴八首》亦见于《有学集》。《钱谦益年谱》依笺注本《投笔集》，编入年谱。钱谦益作《题李长蘅画扇册》，"书于碧梧红豆村庄"。李长蘅画扇册由黄翼圣（字子羽）收藏，共 10 幅。篇末记载："展画卷至第十幅，扁舟浅水，蓑笠一翁，面山兀坐，居然李唐画中舟子。抚卷辗然，岂天之有意于斯人耶？碧梧红豆村中，凉风将至，白鸥黄叶，身在长蘅画扇中。仙酒独斟，垆香凝尘。每笑柴桑处士观《山海经》，览穆王图，流咏荆轲、田畴，胸中犹扰扰多事。方为子羽题册，人从京江来，传言白帝仓空，放笔一笑，并书于尾。"钱谦益为听"人从京江来传言"，故与《投笔集》诸记不合。①

又如，指出钱谦益辛丑年（1661 年）二月初四日同一夜晚作《后秋兴之十》和《辛丑二月四日宿述古堂张

---

① 方良：《钱谦益年谱》，中国书籍出版社 2013 年 1 月版，第 220—224 页。

灯夜宴酒罢有作》，两篇诗的内涵迥异。钱谦益《后秋兴之十》有题记"夜宴述古堂，酒罢而作。"诗记"光风忽漫转寒林，岁旅重光气蔚森。八极地标铜柱界，四游天覆铁桥阴。关河夜采还宫曲，花鸟春回望帝心。长白一山仍汉塞，卅年松漠怨秋砧。……辽海月明传汉箭，榆关秋老断胡笳。而今建女无颜色，尽夺燕支插荼花"。[1]之二有学集53当晚本有诗篇《辛丑二月四日宿述古堂张灯夜宴酒罢有作》，本约定族曾孙钱曾议事，并庆贺钱曾添丁。同一夜晚，两篇诗的内涵迥异。①

再如，考定辛丑年（1661年）五月，钱谦益设夜宴于虞山胎仙阁，与诸弟子观赏红豆花，和众弟子所赋"红豆诗"，考证出"夜宴"因钱龙惕《胎仙阁看红豆花同遵王题绝句八首》，确定"胎仙阁"为晚年钱谦益炼场所，在常熟城西虞山北岭，与致道观、招真治、半野堂等标志性建筑物为"一牛鸣之地"；众弟子"红豆诗"主题为祝寿。②

尤其是在《钱谦益年谱》中设"辩正"一栏，考辨史实。钱谦益生平事迹不乏可指斥者，《钱谦益年谱》据实点出，不作深入评论。钱谦益的追随者又不乏溢美

---

① 方良：《钱谦益年谱》，中国书籍出版社2013年1月版，第250—251页。

② 方良：《钱谦益年谱》，中国书籍出版社2013年1月版，第244—245页。

之辞,《钱谦益年谱》实事求是不迁就,略作考证,以"辩正"或为考证所发,或欲深谈某事。

例如"辩正"春二月,述古堂聚会事,考证出庚子岁除月(十二月),钱曾的述古堂新近完成装饰,请钱谦益书楼名,初定赴述古堂宴之事,未约定具体时间。从钱谦益《辛丑二月四日宿述古堂张灯夜饮酒罢有作》,考知庆贺述古堂新建的夜宴时间;当宴之次日,钱曾得第四子,见钱谦益《与遵王》诗;述古堂夜宴之次日,钱曾内人临盆,请外人宴会于大堂并借宿于此,非常礼,但钱曾不便拒绝,只能兑现本次宴会,不过缩小范围,没有邀请其他客人。然而对此则材料金鹤冲有另一种解释:"正月五日,先生自拂水山庄与遵王书云:明日有事于邑中,便欲过述古堂,了宿昔之约。但四海遏密,哀痛之余,食不下咽,只以器食共饭,勿费内厨,所深嘱也。按:永历帝为北兵所得,今已逾月,先生盖知之矣。"[1]之三杂著949《钱谦益年谱》作者"辩正"关系到钱谦益晚节问题,认为"四海遏密"解作桂王之难不妥,桂王被执于顺治十八年十二月初三日,其消息传到苏南所需时间,可以瞿式耜遇难消息的传递时间为参照。瞿式耜遇难于桂林,消息传到苏南,用时6个月。由此可知,桂王远在路程数倍之遥的缅甸被执,此消息岂能逾月知之;"四海遏密"应指顺治帝去世的消息,于二月初一日传到苏州,随即传到常熟,与

125

钱谦益写信时间十分吻合。钱谦益《后秋兴之十》题识："辛丑二月初四日，夜宴述古堂，酒罢而作。"全诗 8 首，满篇斥清之辞，可以读出诗人当时怒不可遏之情状。①

《钱谦益年谱》考辨史实部分是作者着力之处，作者与时下论说有分歧，而特存其说。作者在《后记》中说："由于谦益晚节有亏，在世之时，已经受到社会舆论谴责，有识之士引以为戒。后因清朝政府政策需要，全面禁毁谦益著作，长达一个半世纪，既造成后世学人的意识盲从，又导致学者的好奇与探究。清末民初，禁网被扯破，谦益著作很快流传于世。关于晚年谦益的材料，除了《有学集》在康熙年间已有刻本与散见顺、康版本的材料之外，其他材料或以传钞为由，流传过程避而不谈；或因禁锢为名，但云祖传秘籍；一旦刻印之后，覆盖其初次面世的痕迹，遂被后来者当作古籍。于是，历史名人的生世与行迹，甚至言谈举止，生动活现，虽有助于谈资，而不知区分文史。……随着对钱谦益与柳如是历史材料的深入研究，去伪存真，分清历史真实与历史传说的区别，并由人及物，将有助于了解江南历史文化与社会实况，增强历史名人对现实社会的影

---

① 方良：《钱谦益年谱》，中国书籍出版社 2013 年 1 月版，第 262 页。

响力。人无完人，有缺点的历史人物才真实。所以，拙作不回避谦益的过失，更不试图溢美饰非。与时下某些论著有分歧，各存其说而已。"①

二、考镜人物

钱谦益师友、门生、交游人员众多。《钱谦益年谱》将与钱谦益来往较为密切者或对谱主生平有重要关联者，列入谱文。

如钱谦益与毛晋交往的重要史料记载，己亥年（1659年）清顺治十六年时年78岁，正月中旬，钱谦益做客毛晋住宅湖南草堂，作有《红豆诗二集》，内有《己亥正月十三日，过子晋湖南草堂，张灯夜饮，追忆昔游，感而有赠，凡四首》；九月，作《与徐元叹》："子晋逝后，子羽又以危笃见告。拨忙往看，见其志气清强，可以升际神明，尚可望有起色也。"[1]之三杂著251毛晋卒于七月下旬，黄翼圣卒于十月上旬，故当系于此。当年七月二十七日，毛晋去世。毛晋，初名凤苞，晚更名晋，初字东美，又字子久，或子晋，号潜在，世居虞山东湖（又名南湖、昆承湖）东北侧七星桥

---

① 　方良：《钱谦益年谱》，中国书籍出版社2013年1月版，第349页。

旁（该桥今已改建，桥名仍其旧）。毛晋为海内著名藏书家、出版家，以"汲古阁"名目刻印经史、诸子、内典书籍，不乏善本，故"毛氏之书走天下"。于谊，钱谦益为毛晋之师，于事，实为毛晋同人，钱谦益《列朝诗选》以及诸多内典诠释本赖毛晋刊印行世，而毛晋藏刻庶事，亦赖钱谦益及其师友门弟子襄助。又，庚子年（1660 年）清顺治十七年时年 79 岁，七月二十一日，钱谦益作《西爽斋后记》，记毛晋长子华伯读书屋，申言怀念子晋之哀痛心情，"余于子晋之亡也，一哭之后，舍南社北，不忍扁舟过南湖"。辛丑年（1661 年）清顺治十八年时年 80 岁，十二月，钱谦益作《隐湖毛君墓志铭》，又有《与毛华伯、奏叔、黼季》书，解释毛君墓铭大指："逼除，为文债所苦。两日以来，头涔涔然，拥被僵卧，遂不得倒屣相迎，深用为愧。文债相逼，应是枯肠作祟，不知与头脑何与？李代桃僵，殊可一笑也。尊府君墓志，谨具草呈上。文颇详于学问大指，意欲推明所以刊正经史之故，以征于儒者，故于寻常行履，未免阔略。此亦为文之体如是，高明好古者，当一览而知之也"。①

以上三年谱文较详细地反映了钱谦益与汲古阁毛晋

---

① 方良：《钱谦益年谱》，中国书籍出版社 2013 年 1 月版，第 216—256 页。

的交往及毛氏人物史料。其他如柳如是、钱曾等与钱谦益生平有重要关联的人物，在年谱中均有详细记载。

《钱谦益年谱》中所载钱谦益与师友、门生、交游的诗文又有多篇可补上海古籍出版社 2003 年新刊《钱牧斋全集》之缺。

三、著录文献

钱谦益诗文写作数量巨大。《钱谦益年谱》将钱谦益大部分诗文逐一分辨，系以写作年月，按先诗后文顺序排列。这样，年谱具有钱谦益诗文系年的功能。客观上，著者对钱谦益诗文的条文或段落，经选择载入年谱，利于读者了解钱谦益的政治行迹、思想动态、活动场所、交游人员。同时，年谱又具备了钱谦益诗文系年的功能。

《钱谦益年谱》引用参考文献 233 种，并参照目前诸学刊通行标识办法著录文献出处。参考文献中，引用钱谦益本人著作的有《钱牧斋全集》《列朝诗集》，其中，上海古籍出版社 2003 年新刊《钱牧斋全集》没有同一页码，《初学集》《有学集》《杂著》三大部分各自有页码，年谱在引用时，在同一书名之下，又分别于 "初" "有" "杂" 之后标页码，以方便读者。大量引用钱氏家族成员、钱氏学生以及同时代人的文集等著作，如：柳如是的《柳如是集》，钱曾的《钱遵王诗集笺注》《读书敏求记》，钱陆灿的《调运斋集》《康熙常熟县志》，瞿式耜的《瞿式耜集》，归庄的《归庄集》，陈子龙的《陈子龙诗集》《安雅堂稿》，吴伟业的《吴梅村全集》《鹿樵纪闻》，黄宗羲的《黄宗羲全集》，周亮工的《赖古堂》等，以及《明史》《清史列传》《明季北略》《南明史》《雍正昭文县志》《光绪常昭合志稿》《支溪小志》等史书、地方志，《烈皇小识》《柳南随笔》等野史笔记，还有葛万里的《牧斋先生年谱》、虞山丁氏钞藏本《钱牧斋先生遗事及年谱》，陈寅恪的《柳如是别传》，范景中的《柳如是事辑》等著作及论文等。

读《钱谦益藏书研究》

常熟钱氏藏书世家，曾推为江南第一家。当时大江南北藏书之富推钱谦益绛云楼为第一，钱谦益又是虞山藏书流派的代表，钱谦益、柳如是为夫妇藏书家。钱谦益藏书为学术界关注，历来研究成果丰富。2013年2月由南开大学出版社出版的国家图书馆古籍保护中心王红蕾博士著《钱谦益藏书研究》，后来居上，研究内容丰富、研究方法朴实、研究亮点突出，是钱谦益藏书研究的最新力著。

一、研究内容丰富

研究钱谦益其人及其藏书，涉及极其复杂的问题。正如李致忠先生在《〈钱谦益藏书研究〉序》中指出："钱谦益是位很复杂的历史人物，他既是封建士大夫，又是学术宗伯；既率先降清，又寄望毫无前途的南明小朝廷；既心仪做官为宦的显赫与荣耀，又不愿放弃江左盟主的学术地位；既藏书富甲东南，又不能悉心编一部与其庋藏相匹配的藏书目录；既崇尚儒家思想及经史百家，又倾心诗文乃至奉佛信道，凡此种种，在钱氏身上都交织在一起，使其成为一位非常难以研究和把握的历史人物。红蕾博士硬是在如此纷纭复杂的人物身上找到其藏书与书目这块未被充分开掘的领域切了进去，并有效开发出可喜可贺的学术成果。"①《钱谦益藏书研究》全面系统研究了钱谦益藏书及其《绛云楼书目》的丰富内容。全书29.8万字，绪论之外，分《藏书家钱谦益》《钱谦益藏书旨趣》《钱谦益藏书流散》《〈绛云楼书目〉略考》四章，以及《结语：钱谦益与明末清初学术思潮》，附录《钱谦益简谱与学术年表》《书目书志中的〈绛云楼书目〉》《〈绛云楼书目〉藏地一览表》。其中，第一章《藏书家钱谦益》第一节钱氏庋藏，论述钱氏庋藏的时代、地域和钱氏文化世家以及钱谦益个人因素，进而论述钱氏自钱洪的竹深堂，及其兄钱宽的柳溪堂收藏古籍至钱谦益藏书增益情况。第二节钱氏编撰，论述在清代钱谦益著作遭受禁毁后流传的钱谦益所编撰的41种著作。第三节钱氏书缘，论述钱谦益藏书交往的史鉴、毛晋、钱曾等10位藏书大家。第二章《钱谦益藏书旨趣》第一节钱氏藏书题跋，论述钱谦益藏书题跋的特点和题跋观，从钱谦益藏书题跋分析钱谦益的藏

---

① 王红蕾：《钱谦益藏书研究》，南开大学出版社2013年2月版，第1页。

书观、藏书倾向、题跋特色。第二节钱氏藏书印鉴，分析钱谦益的字号，图文结合，逐一鉴赏钱谦益的 24 种藏书印鉴。第三节钱氏藏书馆舍，论述钱氏宅第，重点考证钱谦益荣木楼、拂水山庄、半野堂、绛云楼、红豆庄藏书处。第三章《钱谦益藏书流散》第一节钱氏藏书散佚，论述钱谦益藏书散佚于出售、甲申兵燹、庚寅之火、转授，重点考证钱曾所得钱谦益 52 种藏书。第二节钱氏藏书流向，考证钱谦益藏书为毛晋所得 6 种、为曹溶所得 2 种、见诸 11 家海内外公私藏书书目 15 种著录钱谦益 80 种藏书。第三节绛云楼烬馀书知见录，考证现存国家图书馆、日本静嘉堂文库等海内外藏书机构所藏绛云楼烬馀书 62 种。第四章《〈绛云楼书目〉略考》分四节，论述钱谦益《绛云楼书目》的成书时间、编纂得失、递藏源流以及现存《绛云楼书目》。

二、研究方法朴实

《钱谦益藏书研究》史料丰富，正文引用了大量原始文献，并用 816 条脚注规范标注，书后附有主要"参考文献" 103 种，① 其中，包括上海古籍出版社 2003 年

---

① 王红蕾：《钱谦益藏书研究》，南开大学出版社 2013 年 2 月版，第 313—319 页。

新刊钱仲联标校《钱谦益全集》以及各类书目、地方志等第一手文献。作者充分掌握现有钱谦益藏书及其《绛云楼书目》文献和研究成果，注意文献研究与实地考察结合起来研究钱谦益藏书及其《绛云楼书目》。例如，钱谦益藏书之所有荣木楼、拂水山庄、半野堂、绛云楼和红豆庄等处，但后世著述中对荣木楼与半野堂、拂水山庄与半野堂、拂水山庄与红豆庄各处所在指称多有舛误，作者在"钱氏藏书馆舍"中，通过对文献史料的爬梳整理与实地考察对钱谦益藏书之所作一全面系统的考述。[①] 作者考述出荣木楼地处常熟城内东大门大街，西邻贯通城内南、西、北三门水陆交汇地坊桥。钱谦益《恤庐诗》云"牧斋老人，纨绮儿曹。少长祖第，县东坊桥。"[②] 作者据访查用脚注说明："荣木楼保存时间甚久。清雍正间，钱宅改为昭文县署及城隍庙；民国后，改建虞阳小学和新县前小学；1949年后改建地方法院；1958年被拆除。"[③] 拂水山庄在常熟虞山拂水岩下，作者据康熙《常熟县志》等所载，考述拂水山庄初为邑人瞿

① 王红蕾：《钱谦益藏书研究》，南开大学出版社2013年2月版，第136—158页。
② 钱谦益：《钱牧斋全集》，上海古籍出版社2003年8月版，第555页。
③ 王红蕾：《钱谦益藏书研究》，南开大学出版社2013年2月版，第139页。

纯仁所筑读书、文会之所，曰拂水山房，归钱后，明崇祯二年（1629），钱谦益延请张南垣重加擘划营建。是年六月，钱谦益"阁讼"终结，出都门南归。次年至家，后即自荣木楼移居拂水山庄。①半野堂位于常熟城内北门大街邵巷，原为明正德间张文麟所建。作者据明邑人张希咏《半野园记略》等所载，考述半野堂东起琴河，西逼北门街，南临五弦河，通天宁寺巷，北至椐树弄、六弦河。此园坐北朝南，依山筑堂，引水挖池，有端岩书屋（董其昌题额）、露香池（池后有椐榆大树）、娱辉阁、香雪圃等景张文麟名其巷曰"步道"。崇祯十三年十一月，柳如是幅巾飘帔来访，即在半野堂。②绛云楼在半野堂后西北处，明崇祯十六年（1643）春，绛云楼落成，五楹三层，枕山带水，曲槛台榭，浑然一体。清顺治七年庚寅（1650）十月初二灾后，钱谦益移居半野堂绛云余烬处，顺治十三年（1656），钱谦益、柳如是移居芙蓉庄。作者据钱谦益题跋，用脚注指出金鹤冲《钱牧斋先生年谱》云："癸未，六十二岁，冬，绛云楼落成。"（《钱牧斋全集》第8册，《有学集》

① 王红蕾：《钱谦益藏书研究》，南开大学出版社2013年2月版，第141—144页。

② 王红蕾：《钱谦益藏书研究》，南开大学出版社2013年2月版，第145—147页。

卷二十，第 938 页）"有误"。① 红豆庄位于常熟小东门外三十里之白茆塘，补溪之畔，其北即通江达海的长江白茆口。此处原为钱谦益外祖父顾玉柱别业，为元初顾玉柱九世祖顾细二所建。钱、柳自常熟城中移居东乡红豆庄，主要原因当以该地通江达海，交通便捷。②

三、研究亮点突出

《钱谦益藏书研究》为创新成果，全书亮点突出。诚如李致忠先生在《〈钱谦益藏书研究〉序》中指出："此书全面研究了钱谦益藏书及其书目编制的各个相关方面，给人以完整的概念、知识、学术享受外，尚有若干亮点夺人眼目。"李致忠先生还重点选择"《绛云楼书目》成书时间"一节、"钱氏藏书馆舍"一节、"钱氏藏书印鉴"一节，以点带面来"反映该书的固有价值"。③ 如前所述《钱谦益藏书研究》的创新之处外，第四章"《绛云楼书目》略考"尤其突出。钱谦益《绛

---

① 王红蕾：《钱谦益藏书研究》，南开大学出版社 2013 年 2 月版，第 148 页。

② 王红蕾：《钱谦益藏书研究》，南开大学出版社 2013 年 2 月版，第 153—158 页。

③ 王红蕾：《钱谦益藏书研究》，南开大学出版社 2013 年 2 月版，第 2—3 页。

云楼书目》为历代学人与藏书家所重，但历来对《绛云楼书目》编撰时间与内容争议甚多，作者在"《绛云楼书目》成书时间"一节中，通过分析推论出《绛云楼书目》编撰时间与内容的恰当定位："《绛云楼书目》并非钱谦益某一时日完编之定本，乃其私家藏书登记簿，自藏书之日起，随藏随录，随录随编，著录简单且无严格体例，这也正是明中后期私家藏书编制的一般特征。"①《绛云楼书目》现有研究成果中，从目录学角度考察《绛云楼书目》学术价值的，至今仍付阙如。作者在"《绛云楼书目》编纂得失"一节中，从目录学角度深入分析《绛云楼书目》款目著录随意、分类部次混乱、款目组织无序、类目设置乖异，这对于中国传统目录学研究及钱谦益研究均有所裨补。《绛云楼书目》抄本繁多，各本互异，众说纷纭，莫衷一是，作者在"《绛云楼书目》递藏源流"一节中，重点分析胡其毅抄本、曹溶抄本、陈景云注吴翌凤题跋本、毛晋藏本，梳理出胡其毅抄本、曹溶抄本两大系统，以及各家抄本互异的五个方面，使人眼目一清。《绛云楼书目》世存抄本、刻本甚多，作者在"现存《绛云楼书目》举要"一节中，通过调查访问海内外公私藏家所藏《绛云楼

① 王红蕾：《钱谦益藏书研究》，南开大学出版社 2013 年 2 月版，第 211 页。

书目》70 种，其中，抄本 65 种、刻本 5 种。[1] 书后列
《书目书志中的〈绛云楼书目〉》，著录 88 种书目书志
文献。又有《〈绛云楼书目〉藏地一览表》，著录 70 种
《绛云楼书目》抄本、刻本的现藏地，其中，包括 3 种
《绛云楼书目》抄本拍品的信息。正是在全面掌握文献
的基础上，作者通过研究得出了关于《绛云楼书目》成
书时间、递藏源流等方面有理有据的可靠结论。

---

[1]　王红蕾：《钱谦益藏书研究》，南开大学出版社 2013 年 2 月
版，第 244—293 页。

读中西书局新版《翁同龢日记》

《翁同龢日记》现有张元济影印本、台湾排印本、中华书局本、翁氏后人编校本四种，后者中西书局刚刚推出，是首次使用翁同龢手稿原件进行整理、研究的至今最完整、最准确的《翁同龢日记》版本，有收齐、补纠、使用等特点，更具重要的史料价值。

一、《翁同龢日记》的版本

中西书局刚刚推出翁氏后人编校本《翁同龢日记》后，《翁同龢日记》的版本有张元济影印本、台湾排印本、中华书局本、翁氏后人编校本四种：

1. 张元济影印本，或称"涵版"。即1925年商务印书馆张元济主持据翁同龢日记手稿影印出版的《翁文恭公日记》，线装40册。张元济是翁同龢的学生，为尊者讳，在影印过程中将原稿删隐多处。1973年台北商务印书馆据此制为缩印本。

2. 台湾排印本，或称"赵版"。即台北中研院赵中孚编辑的《翁同龢日记》排印本，附有人名索引和主要人物小传，1970—1979年台湾成文出版社出版，精装6册，第6册有人名、地名索引，以及常见人物重要事迹、翁氏老大房支系图等。台湾排印本源于张元济影印本，对日记做了整理，首次标点断句，识读原文，做了很多工作，但错讹之处亦不少，包括标点、断句讹误，字句脱漏等，但其筚路蓝缕的开创之功，不可埋没。

3. 中华书局本，或称"陈版"。即北京中华书局近代史编辑室陈铮、陈东林、吴广义、吴杰诸位学者署名陈义杰点校的《翁同龢日记》，1989年初版，2006年第二版，以1925年商务影印本为底本，对原稿加以辨认、校订和标点成简体横排本，平装6册，无索引等便利读者的项目，但增附了1938年燕京大学图书馆据手稿影印的翁同《军机处日记》（即《翁文恭公军机处日记》），这部分日记记事起自光绪九年二月初一日（1883年8月9日），迄于光绪十年三月一日（1884年4月6日），内容张元济影印本相补充。虽然中华书局本日记内容有补充，而日记主体源于张元济影印本，对台湾排印本之误既有改进又有沿袭。

4. 翁氏后人编校本，或称"中西书局版"。即翁万戈编、翁以钧校订的《翁同龢日记》，中西书局2012年1月出版，1—8卷。翁氏后人翁万戈及其侄翁以钧以家藏的翁同龢日记手稿为底本，逐字校订，查漏补阙，重新点校出版翁同龢日记。

二、翁氏后人编校本的特点

翁氏后人编校本重新点校翁同龢日记，是首次使用翁同龢手稿原件进行整理、研究的至今最完整、最准确的《翁同龢日记》版本。

1. 收齐。翁氏后人编校本《翁同龢日记》收齐了至今发现的翁同龢日记的整体内容。全书收录有：

① 己西夏南归赴试日记（道光二十九年五月十一日至六月初六日，1849 年 6 月 30 日至 7 月 25 日），庚戌恭赴西陵日记（道光三十年九月十八日至二十七日，1850 年 10 月 22 日至 10 月 31 日）这部分由翁万戈提供的翁同龢早期日记，是翁同龢早年参加学政会考及随父亲翁心存护送道光皇帝梓宫入西陵时所记日记，保存了不少珍贵史料，为张元济影印本、台湾排印本、中华书局本所缺的。

② 翁文恭公日记（咸丰八年六月二十一日至光绪三十年五月十四日，1858 年 7 月 31 日至 1904 年 6 月 27 日）有张元济影印本、台湾排印本、中华书局本，而翁氏后人编校本据原件进行整理。

③ 军机处日记（一）（光绪九年二月初一日至光绪十年三月十一日，1833 年 3 月 9 日至 1884 年 4 月 6 日），

光绪九年癸未（1883 年），光绪十年甲申（1884 年），为 1883—1884 年中法战争时的日记。有中华书局本。

④ 军机处日记（二）（光绪二十年六月十三日至光绪二十一年正月二十七日，1894 年 7 月 15 日至 1895 年 2 月 21 日），光绪二十年甲午（1894 年），光绪二十一年乙未（1895 年），为 1894—1895 年的甲午海战的日记。也为张元济影印本、台湾排印本、中华书局本所缺的。

⑤ 年谱（道光十四年四月至光绪三十五年五月，1830—1904），包括翁同龢的自订年谱，原名《松禅年谱》；侄曾孙翁之憙所作《年谱补》。

⑥ 附录：《删改真相》，据《翁同龢日记》原件拍成照片以实录翁同龢自行挖改日记之处，并作说明。

2. 补纠。一是补张元济影印本、台湾排印本、中华书局本所缺，成为《翁同龢日记》最全本；二是实录翁同龢自行挖改日记内容，保存删改真相；三是据《翁同龢日记》原件——复原张元济影印本为尊者讳删改的内容，也就是补台湾排印本、中华书局本据张元济影印本整理之缺；四是据《翁同龢日记》原件保留不少翁同龢手绘地形图、星象图等珍贵的文献，而这些是台湾排印本、中华书局本所缺的；五是补充《翁同龢日记》插补文字，据《翁同龢日记》原件整理日记原稿版框外天头和地脚的补充文字；六是据《翁同龢日记》原件辨识整理，补正台湾排印本、中华书局本等整理本的误识，并纠正点校错误，增加了《翁同龢日记》整理本的准确性。

3. 便用。一是《翁同龢日记》后续还将编印出版日记人名索引，以便于查阅。二是除了有总目录外，全书8卷分8册，每册有目录，每一页地脚有具体的日记名称、内容、日记纪年年号、纪年干支、公元纪年，以便于检索。三是日记主体部分每年开端均置该年首页原件的照片插图，使读者有接近原稿之感。四是整理本用大字、小字、括号中的字这样三种文字，以便读者清晰地区别日记原件中的正文文字、日记原稿版框外天头和地脚的补充文字、日记正文中的补充性文字。

总之，翁氏后人编校本《翁同龢日记》，是至今最完整、最准确的《翁同龢日记》版本。正如翁万戈先生在《〈翁同龢日记〉出版缘起》中所说："本次出版具有最好的资料条件，这是初次用日记原稿本进行研究的版本。所以改正前三种出版物的错、漏、缺，并且增加新的内容，完成最全、最确、最易用的《日记》，以贡献于研究中国近代史的学者及广大读者，是此次出版的目的。"

三、翁氏后人编校本的史料价值

翁同龢以能文著称，又位至中枢，亲自经历晚清许多重大事件，因此流传下来的日记涉及政治、经济、军事、文化等许多领域，可当一部近代史读，同时许多日记文笔优美可读，或如小品文，或如序跋文。而翁氏后人编校本《翁同龢日记》较之张元济影印本、台湾排印本、中华书局本更具重要的史料价值。

1. 确证翁同龢自行删改真相。翁同龢削职家居期间常常翻检自己的日记，其日记庚子正月初十日记："连日看从前日记，拟自撰年谱也。"庚子正月二十八日记："检日记至甲午年，怅触多感。"庚子二月初四记："一日只检日记一本，甚厌，怅触。"翁氏后人编校本让翁同龢自行删改日记的真相大白。翁同龢自行删改日记7处为：①光绪二十一年五月三十日日记："陈次亮炽来见，吾以国士遇之，故倾吐无遗，其实纵横家也。南学诸生等寓书求见。拒未见。""南学诸生等"5字是挖去原字后贴补上去的，"拒未见"3字疑后添写。被挖去的文字应可与康有为及新政治人士有关。②光绪二十一年闰五月初九日日记："饭后李莼客先生来长谈，此君举世目为狂生，自余观之，盖策士也。""李莼客"3字是挖去原字"康有为"后贴补上去的。光绪二十一年李莼客已去世。③光绪二十二年四月二十三日日记："谭嗣同……世家子弟中傑出者也。""傑出"2字改为"桀傲"。④光绪二十三年十一月十八日日记重新改写，半页日记剪去，另贴半页新纸，隐去翁同龢早朝见过光绪皇帝之后前往位于宣南的南海会馆去见拜访康有为恳谈。⑤光绪二十四年正月初三日记："传康有为到署……狂甚。""狂甚"2字后添。⑥光绪二十四年五月初三日记："任筱沅书来索写件，遍寻未得。""任筱沅"3字是挖去原字后贴补上去的。⑦光绪二十四年五月初九日："屡卧屡起，盖肝热也。""盖肝热也"4字是挖去原字后贴补的。从《翁同龢日记》原稿可证，除了翁同龢自行删改的7处日记外，翁同龢日记所记内容是可信的实录。

2. 还原张元济影印本删隐文献。张元济为尊者讳在影印《翁同龢日记》过程中将原稿删隐的10处，多为日记所述当事人去世未久，直系后裔健在，避免冲突，在此翁氏后人编校本中全部得到恢复：①光绪七年正月初六日记：删去"醇邸以李相（李鸿章）复信见示，力驳去信，仍委婉以为一时难办，窥其意，不过为刘铭传圆此一谎耳。"②光绪八年三月初八日记：删去杨森荣"其人能干而过滑，从前在京时似曾冶游也。"③光绪九年二月初十日记：删去"孙公忠厚，张子柔弱，真二美哉。"④光绪九年六月二十三日记：删去"张蔼卿来辞行，谈越事，深诋合肥（李鸿章）之偏执畏葸"中"合肥"2字。⑤光绪十二年九月初三日记：删去张謇"此季直之兄也，气宇迥不如乃弟。"⑥同治三年十一月初十日记：删去"荣侄言，今年

145

有东洋人到上海，英夷畏之如神，东洋凡七国，大约日本、琉球之类。其人椎髻佩刀与剑，格杀英夷辄不论，两行英夷为之张盖，今在浦东建屋，将制英夷之出入也，果尔亦快事也。"⑦同治六年三月初三日日记：删去"复奏折语多姗笑，大略侈陈咸丰十年保存大局之功，并详陈不得已苦衷，而力诋学士大夫之好为空言，视国事漠然，并以忠信礼义为迂谈；而以正途人员为必能习其算法而不为所用云云，约二千言。督抚折信中，惟李鸿章四次信函推许西士，竟同圣贤，可叹，可叹。"⑧同治八年三月十一日日记：删去斌椿著书"盖甘为鬼奴者耳。"⑨同治九年五月二十五日日记：删去记天津教案"或言外国剜眼珠及心配照相药。"⑩光绪二年二月初一日日记：删去"适郭筠仙（郭嵩焘）来，遂论洋务，其云：滇事将来必至大费大辱者是也。其以电信、铁路为必行，及洋税加倍，厘金尽撤者谬也。至援引古书，伸其妄辩，直是丧心狂走矣。"

3. 增加翁同龢早期日记。翁氏后人编校本增加了翁同龢早年参加学政会考时所记《己酉夏南归赴试日记》、翁同龢随父亲翁心存护送道光皇帝梓宫入西陵时所记《庚戌恭赴西陵日记》，提供了珍贵史料。

4. 补充翁同龢甲午海战日记。翁氏后人编校本补充了光绪二十年六月十三日至光绪二十一年正月二十七日，1894 年 7 月 15 日至 1895 年 2 月 21 日《军机处日记》，提供了 1894—1895 年甲午海战时期翁同龢的珍贵日记，记录了重要史料。如在升军机大臣前，翁同龢明白军机大臣们主和，当光绪帝命翁同龢参加军机大臣会时，翁同龢请辞，但未获光绪帝同意。《军机处日记》载："廿九日，因病未能到班。嗣闻未会议。三十日，莱（孙毓汶）函又云：昨日会议，上命俟翁某出再议，故诸公皆到而未议。"因为翁同龢"有病未能到班"，军机大臣到会也"未会议"，"上命俟翁某出再议"，可见光绪帝对翁同龢的倚重。《军机处日记》的公布，为翁同龢研究和甲午战争研究提供了具有重要价值的第一手文献。

总之，翁氏后人编校本《翁同龢日记》较之前三种出版物更具重要的史料价值。

参考文献：

［1］陈义杰整理：《翁同龢日记》，中华书局 2006 年 12 月版。

［2］翁万戈编，翁以钧校订：《翁同龢日记》中西书局 2012 年 1 月版。

读《江苏省常熟县农村实态调查报告书》

七七事变及日军全面侵华 70 周年之际，常熟市档案局编译出版了南满洲铁道株式会社上海事务所调查室的《江苏省常熟县农村实态调查报告书》(中共党史出版社 2006 年 12 月版)，公布了富有史料价值的珍贵文献。

一、显露日军企图长期霸占的野心

如果说，《南京大屠杀研究》(上海辞书出版社 2002 年版) 等文献真实地反映了日本军国主义惨无人道的血腥暴行；那么，《江苏省常熟县农村实态调查报告书》则全面地显露了侵华日军企图长期霸占奴役中国的野心。南满洲铁道株式会社是集交通运输经营、自然资源开发、对华政策咨询、中国情报调查等多种功能于一身的日本机构，他们的调查资料反映了当时的日本政界、军界对中国的认识，并作为其政策意向而应用于战时决策。本书满铁上海事务所调查室主事伊藤武雄（1895—1984）撰序，该室第五股岸本清三郎（班长）、福田良久、松野义武、第七股山崎进4名调查员调查并撰写。凡例称："本稿为常熟县严家上村的实态调查报告书，为使用便利起见，将常熟县县情作为前编收入。"书前载《常熟县图》《常熟县城附近图》《严家上全图》；第一编县情概况，分位置、自然概况、沿革及行政财政、户口及面积、交通及通信、产业概况、货币、度量衡、治安状况9章；第二编村落概况，分村落一般状况、土地关系、佃耕关系、农耕情况、农业及农业外劳动、农作物的生产和交易、农业金融、农村的经济及社会状况、事变对被调查村庄的影响9章；附录户别及选择调查统计表，包括农家概况表、家庭及农业劳力关系表、农业劳动表、农业外劳动表、土地关系表、佃耕关系表、农具一览表、家畜头数表、家作物分类种植面积及产量表、生产物销售表、借贷关系表、生活费现金支出表、现金收支表等。借助"特务班各员"和"县守备队官兵"（伊藤武雄《序》）实施的上述常熟县农村实态调查，一方面为日军占领提供决策，另一方面为日军长期占领深思远谋。例如，提出"本县财政收入的主要来源是田赋。事变前，年额达到180万元左右的规模。但事变后的县政开始时，则以货物过往税收为主的杂税为主要财源，依靠田赋的收入因治安方面的关系而基本无望……

更因货物通过税又为新近设立的省营业税局所接收，故对本县财政的影响更大。为此，以征收田赋为前提，皇军警备队恳请在县内实行扫荡，以期保证地方征收顺利进行。"（第16页）在"治安"等方面要求"皇军"马上采取措施的很多。对于长期占领的策略，报告提出常熟县具有中国出产优质大米之水稻田，为农业县，又为蚕桑产区和棉花产地，提高农业、蚕桑业、畜业生产十分必要，包括恢复农业金融、重建农村合作社等，试图通过推行有助于农民发展生产的措施，在上海周边建立相对稳定的物资供应基地。对于畜业，报告提出："作为农家副业，特别是像本县这样的饲料充足的稻米产地，猪却养得不多，且优良品种也很少……但事变之后，主要都市之肉食品需求顿增，猪之配给地亦不可独赖苏北，以本县土壤之肥沃，且临近上海，又为盛产稻谷之地，故敦促农家发展养猪业，实为重要紧急之问题。"（第47—48页）正如上海社会科学院出版社总编承载在本《翻译前言》中所述："在日本军国主义深谋远虑的对华政策中，利用各种机会动用各种手段来开展社会调查，从面获取有利于其控制中国社会的资料，正是其伴随着武力而同时并举的一切'软刀子，更是其实现长期占领的战略企图的重要组成部分。"（第2页）文献铁证如山，事实胜于雄辩，让那些否定史实的军国主义者见鬼去吧！

二、反映侵华日军犯下的滔天罪行

报告书全面反映了昭和12年（1937）11月中旬皇军进入常熟县以来，县情发生的变化，执笔者意在通过"事变"前后状况对比，为日军长期统治参谋决策，而客观上暴露了侵华战争的灾难——这可是刽子手的描述，不可多得的珍贵记录：

在"事变的间接影响"部分有载："精神方面的影响，如前所述，在人员及物资方面都遭受侵害的农民，对日本军队乃至日本人所持的感情，都有一种可称之为敌忾情绪的近于恐惧的心态。"（第127页）"日本军队进入常熟县城，是昭和12年11月17日。因此，位于县城近郊的本村，此前即已受到炮击及其他威胁，在调查中得知，大部分村民在这一年的10月中旬就逃往西湖南面避难。"（第126页）精神恐惧和选择无可奈何的避难可见是当时战争给灾民带来的普遍遭遇，人民流离失所。调查报告统计人口的减少也说明了这一点：

事变前男性444748人，女性414490人，总计859238人，每平方公里人口密度517.85人；事变后380802人，女性332389人，总计713191人，每平方公里429.89人。"所列数字，如实显示了因事变而引起人口激减的事实。此事变为最大原因，加上其他种种因素，人口因此减少了约 14 万。以其每平方公里人口密度观之，则递减 87.96 人；以其男女人口减少情况观之，男子减少约 6 万人，女子减少约 8 万人，较男子多出 2 万，对此现象，未知将给予如何解释。"（第 26 页）财产损失情况，"产业概况"载："此次事变，对于本县产业及其他方面之影响，详细情况不得而知。就住宅房屋来看，县政府其他政府机关所属建筑物在其次，金融机构建筑物亦有破坏，商店则相当程度破坏。工厂多在城外及沿河，大部分遭破坏，又闻其损失额数字，答曰远高于本金……据民国 27 年年末以来约一年至一年半之停业情形，以及此后至今之交易场所、金融机构之混乱来看，亦必不忘事变中被害之深。农村之被害状况，为本次实态调查主要目的之一，役畜、家畜、收获物、农耕具之偷盗、散失或损伤等，皆于事变中有相当数量受损。"（第 30 页）公共资产的损失如：县立图书馆"其藏书在此前的事变中散失颇多，目前古籍珍本已很少"。（第 11 页）

严家上村的损失情况是："于民国 26 年秋爆发的'支那事变'，给农业生产带来的损失，亦稍稍详记如下。奉村村民从日军开始攻击常熟县城起，直到占领县城为止，即 10 月中旬至同年 12 月下旬的两个半月中，大部分农户均避难于西湖之南。然而就在避难开始时，正值水稻收获前后，因无暇脱粒，稻穗均堆积在屋内，糙米也大量残留在村中……日军通过本村时，也对农产物带来了直接的损害。当时正值严寒季节，日军为取暖而烧掉了大量的稻草、麦秸。"（第112—113页）人员被害情况是："村民中被征发者共10名，其中被日本军队征发的有3名……对于女性的种种被害情况，也多少存在一些。"而"物资损害，主要是家畜被害。村内的5条水牛，其中有4条因遭征发而间接被害（避难时留在村中饿死）。此外，80％的鸡以及所有的鸭和本来就很少的猪，却遭战祸之害……对农家经济影响最大者，莫过于与农业生产相关，特别是在中国农村的水稻种植区不可或缺的约80％的水牛被害。另外，在兼业中起重要作用的5条船只的征发，也是不可轻视的问题。"（第126—127页）

三、记录常熟人民不屈抗日的信息

调查报告书虽涉及"军机"而不详细说明人民抗日的信息，但全书涉及"治安状况"处也泄露了不少"军机"：

伊藤武雄《序》中讲道："事变爆发两年来，尽管我们的前线已远远越过了武汉，但遗憾的是，本调查队所进入的上海周边郊县，其治安状况却未见改善，加之正逢当地农忙，给调查员的活动带来了很大妨碍，故未能进行充分调查。""在治安如此恶劣的情况下"，调查不得动用县守备队官兵和日本特务班。（第1页）被调查的村庄"各主要地点设置步哨，对外警戒未有丝毫懈怠"，"最初几天，不论妇女、小孩，还有青壮年男子，都对我等怀有若干敌视情绪。然而，姑且不说调查得以平安结束，其后的治安状况发展，也如传闻所说的那样，八月下旬起，进入该调查村庄已颇为困难，治安呈现出逐渐恶化的倾向。"（第76页）

水路交通"受事变后物资外运管制和游击队活动的影响，已完全停止运营。"（第28页）"日军试图建立以地方农民为对象的合作社，派遣联络员，然而，在认识到掌握农民大众之民心对于本事业之重要性之同时，也应看到，此并非我单方面可以做到，盘踞于非占领区之游击队，亦早已注意到本事业之作用，其具体表现，即为前述将地方联络员杀害一事。此事件明显具有向我合作社事业挑战之意味。此后，又不断听说将要继续对与合作社事宜相关者予以阻挠……如上所述，因最近盘踞中之游击队的积极活动，此合作社事业之扩大尚有较大阻碍。"（第40—41页）"治安状况"载："本县内新编第四军、游击队或土匪军之情势……本县治安状况，目前尚不能称为良好。距县城周边数里，即有敌匪横行。说明治安程度之际，其对象为日本人抑或中国良民，则必须明了……日本人要利用从常熟通往其他地区之公路，如苏常路（苏州—常熟）、无锡—常熟公路，或常熟—

太仓、嘉定、上海等公路，若无警备，则首先无法保证生命安全。尤其是苏常公路，白天即有桥梁被烧毁，暂时性交通中断事件，亦决非罕见。此外，从常熟通往各地之河道即内河，亦很不安全。所称，如此恶化之情势，原因即为本年四五月间新编第四军进入县内积极活动所致。此前，常熟县内极为安稳，全县均为日军势力范围，近者别频频发生袭击公共汽车、内河轮船的事件，以致几乎法行动。"（第69—70页）

总之，本书弥补了日军占领时期许多实态记载的空白，虽然是一部反面教材，调查报告撰写者持敌对立场，有许多对我方带蔑称性质的语词，以及美化日军和掩饰日军暴行之处，然而，不失为一部县史料价值并可批判性甄别使用的反面教材。本书翻译列为上海社会科学院传统中国研究中心文献整理研究项目，翻译者据复印件，又核馆藏原件校核，还赴实地察看走访，书前载《翻译前言》，说明原书撰写的指导思想和时代背景，便于读者使用。书后附新撰《严家上村变迁略述》及现状照片，便于对照阅读。常熟档案局将此书作为抗战时期常熟地方史料予以出版，反映出其挖掘史料的战略眼光。

原书由日本中国学家伊藤武雄领衔，调查和执笔者虽然充当了侵华势力的工具，但是，单就当时的调查方法和成果，正如承载《翻译前言》所述："均不可否认的具有相当的科学性、合理性。"（第10页）其中可资借鉴的"调查方法"，《凡例》载为："根据一般户别调查表而确定农家55户；根据抽选户别调查表确定13户。前者调查内容中含户籍人口、土地关系、生产、生产物销售、畜产、副业、农具、被雇佣劳动、雇佣农业劳动、佃耕关系等诸项目，后者包含公租公课、贷借关系、现金收支、实物收支、生产费用，以及根据不同作物而所需的劳力等诸项目。"（第3页）

报告用现代人类学方法研究中国农村状况，采用了定性、定量描述，用文献研究方法、比较研究方法等，文字配以表图。阐述文字间附《常熟县捕虾业同业公会筹备会简章》《合作社蚕种酤给计划》《效蚕种配给实施纲要》《立卖草房屋文契》等原始文献，使可读性与文献史料性兼具。

读《长河碎影》

    继上海社会科学院出版社 2010 年 11 月出版《常熟抗战史印》、世界知识出版社 2011 年 11 月出版《素朴的敬仰》之后，常熟市吴文化研究会地方文史特约研究员沈秋农的又一新著《长河碎影》由广陵书社于 2012 年 12 月出版。全书分"名人珍闻""档案揭密""文化拾珠"三辑，载文 100 篇，27 万余字。每篇文章短小精悍，内容广泛，史料丰富，可读性强，是常熟文史小品文，以人物和事件为中心话题，以一点思想、一点史料和艺文情趣来记录常熟史影。沈秋农长期供职于常熟市文化部门、党史地方志办公室、政协办公室、市委宣传部、档案局（馆），参与编著或主持编著过《常熟人民革命斗争史》《谭震林在常熟》《〈申报〉上的常熟》《常熟·1937》《常熟老报刊》《警钟长鸣——侵华日军常熟暴行口述档案》等书，掌握大量人物信息和档案史料，所撰文章视角新颖，考证翔实，弥补以往研究所留存的缺憾，提供了珍贵的史料。这里，举三例来说明。

    一、关于常熟解放日期以前众说纷纭，莫衷一是。《长河碎影》中《老报纸为常熟解放日期佐证》文（240—242页），载常熟档案馆藏1949年4月28日常熟出版的《群众》报一版刊题为《迎接历史的大翻身！千万颗心溶化在一起》的新闻特写，反映了常熟人民欢庆解放的景象和心情，尤为重要的是确定了常熟这座历史文化古城喜迎新生的日期——1949年4月27日，而在1985年以前的35年间，常熟的解放日期一直难以确认。1985年，常熟解放40周年之际，时在苏州师范专科学校中文系任教的时萌教授将珍藏了40年记载常熟重大历史事件的老报纸《群众》"郑重地捐给了常熟档案馆，见证了历史，也见证了捐赠人对档案的重视"。以前，常熟何时解放在参与常熟解放的武工队员中存在着多种说法，有的说听见解放军渡江炮声的当天就进城了，也有的说是在听到炮声的第二天进的城，还有的说是在国民党军队撤逃当天进的城，但具体什么时候听到炮声，国民党军队何时撤逃含糊其辞。作者考证，时萌教授珍藏的《群众》8开小报为"《新生报》增订新刊"创刊号，报名右侧刊毛泽东语："无产阶级领导的人民大众的反对帝国主义封建官僚资本主义的革命。依靠贫农，团结中农，有步骤地有分别地消灭封建剥削制度，发展生产。"左侧刊："一切力量来自人民，一切光荣归于人民，一切胜利属于人民。"《迎接历史的大翻身！千万颗心溶化在一起》报道："昨天下午，万千善良百姓所殷切盼望的人民解放军入城了，这是一个历史性的日子。"《自由的活着》副标题"解放军真正保护人民，朱大队长有力的保证"报道："今晨记者造访人民解放军苏常昆太武工队朱大队长英，他热情地关怀着本县的治安，为据昨晚上各方报告，特地郑重的表示，人民解放军决以全力维护治安。"《群众》4月28日下午出版，苏常昆太武工队入城日期为4月27日，也就是古城常熟解放的日子。

二、关于姚民哀之死至今被误解。上世纪六十年代出版的内部资料《常熟文史资料辑存》第3辑载归梦熊《抗战时期的伪常熟绥靖队》文记姚民哀投敌事伪被游击队熊剑东部擒获处死之事。《苏州杂志》2006年第4期所刊黄恽《姚民哀身死之谜》文，引《申报》两条互相矛盾的新闻：1938年2月20日第2版《劫后江南（十二）》："常熟自'八一三'沪战爆发，不幸于我军退出淞沪后之五日，于十一月十六日沦于敌手。当敌军入城时，以伪满军若干为先遣队，在城内从事搜索。时各机关团体人员俱已后撤，所余者亦急避四乡安全地带。惟小说家姚民哀，时任常熟县抗敌后援会常委，服务故乡，倍极努力。敌军入城，友人劝其暂避，姚不听，谓常熟乃文化之邦，我系虞人，目睹虞人奔避不遑，并无一人死节，实为人杰地灵之虞山惜，今余志已决，纵不成功，亦当成仁。未几，伪军已至其所居之西泾岸，搜索入其宅，初亦不知其为姚民哀，仅执之，姚乃厉声曰：'汝等谅不识余，余乃本邑抗敌后援会常委姚某，既被若获，唯死而已。'旋敌军来，遂毙之。"1938年10月23日第七版刊《华军袭击日军》："游击队熊剑东部，于本月十九日午后，在常熟境之白茆袭击日汽车二辆，毙日人两名，汉奸四名，而著名汉奸现任伪绥靖司令部秘书姚民哀亦在焉。"黄恽提出："姚民哀有必要落水投敌吗"的疑问。《长河碎影》中《姚民哀之死浅证》文（158—161页）早在1987年11月发表在《常熟文史资料辑存》第14辑上，沈秋农就归梦熊《抗战时期的伪常熟绥靖队》文记姚民哀投敌事伪被游击队熊剑东部擒获处死之事，补充了沈身三、陈月盘、周毓文三人1938年亲见亲闻亲历者的忆述，给出"对姚民哀之如何被捕、定何罪名，何处制裁都能得到较肯定而清楚的答案"。《姚民哀之死浅证》文还引1938年2月6日上海《新闻报》报道，即黄恽文引《申报》1938年2月20日第2版《劫后江南（十二）》报道的误解说法。阅《申报》1938年10月31日第7版《东乡密布游击队》报道："本月十九日，常熟伪靖绥司令部秘书姚民哀之被捕，亦其中之一役也。"可见，《长河碎影》中《姚民哀之死浅证》文是可信的。

三、宋庆龄致韩培信书拾遗补阙。《长河碎影》中《为〈宋庆龄书信集〉补遗》文（201—203页），载常熟档案馆珍藏的 1951 年 4 月 7 日时任中央人民政府副主席的宋庆龄写给常熟县县长韩培信的一封信，补 1999 年由宋庆龄基金会中国福利会编辑、人民出版社出版《宋庆龄书信集》之缺，文章发表后，为《新华文摘》全文转载。

读《古典诗歌的鉴赏和教学》

中国是诗歌大国，培养当代诗人，基础教育责无旁贷。诗歌是中学语文老师和学生非常喜欢的一种文体，老师喜欢教，学生喜欢学，然而，在高考影响下的当下基础教育在培养中小学生古典诗歌鉴赏能力方面明显不够，教师在古典诗歌教学中在怎么去教、教什么等方面感到有许多的困惑，存在不能很好地把握诗歌教学内容，不善于采用有效的诗歌鉴赏方法等突出问题。江苏省首批教授级中学高级教师、江苏省木渎高级中学副校长李建邡编著的《古典诗歌的鉴赏和教学》由东南大学出版社在 2013 年 4 月出版，该书从多学科研究出发，立论有据，观点鲜明，有的放矢，指导性强。全书分古典诗歌鉴赏和教学指要、古典诗歌分类鉴赏举隅、古典诗歌的教学设计简说三章及附录，共 27 万字，系统总结了作者三十余年来从事古典诗歌鉴赏与教学的实践经验，把脉基础教育中古典诗歌鉴赏和教学中的突出问题，探索提炼出古典诗歌鉴赏教学可循的规律，采用科学的阅读方法指导古典诗歌的鉴赏，运用成功的案例设计古典诗歌教学的方法，为中小学古典诗歌的鉴赏与教学提供方法论指导。

一、探索提炼出古典诗歌鉴赏教学可循的规律

针对当下中小学古典诗歌鉴赏教学中的突出问题和困惑，作者认为古典诗歌的鉴赏和教学是有规律可循的。本书第一章"古典诗歌鉴赏和教学指要"[①]中，作者提出了古典诗歌鉴赏和教学的整体性、多样性、主体性、启发性等四个基本原则。古典诗歌鉴赏和教学的整体性原则，依据韦特墨、苛勒、考夫卡的"格式塔"心理学理论，提出整体把握古典诗歌的要求。整体把握事物是哲学方法，格式塔强调把"形"作为一个有机整体去把握，适合诗歌鉴赏。诗歌不是作为某一种元素独立存在的，每首诗歌都是一个完整统一的艺术体，整体把握解读才能有效鉴赏诗歌。作者提出对古典诗歌整体解读必须做到知人论事。任何作品都是社会生活在作家头脑当中反映的产物，是作家对生活的理解和认识的结晶。鉴赏教学诗歌要引导学生联系诗歌产生的时代背景、诗歌所反映的有关世事、人事、作家的生平和思想

---

① 李建郡：《古典诗歌的鉴赏和教学》，东南大学出版社 2013年 4 月版，第 3—51 页。

等，以求得对诗歌全面深入的解读。古典诗歌鉴赏和教学的多样性原则，依据康德的"图式"哲学概念，提出尊重学生的阅读个性和独特体验，允许"多样性"的体味，体现对审美接受主体的尊重。古典诗歌鉴赏和教学的主体性原则，依据教育学的以学生为主体的原则，提出在古典诗歌鉴赏和教学中学生始终是阅读活动的主体，必须坚持以学生为主体的原则，让学生以高度自觉的心态去"体悟"，凭心悟象，用心体味，达到良好的阅读效应。古典诗歌鉴赏和教学的启发性原则，依据教育学的启发性教学原理，对学生进行启发式教学。

同时，作者提出了古典诗歌鉴赏和教学的熟读成诵、咬文嚼字、驱遣想象、沿波讨源、细研技巧等五大基本方法。熟读成诵法的提出，鉴于诵读是语文阅读教学的基本方法，也是诗歌鉴赏和教学的基本方法，是我国几千年语文教学的精华所在。诵读是心、眼、口、耳并用的学习方法，熟读成诵能够加深学生对阅读材料的理解。强调通过诵读使学生出其口、入其耳、通其心，达到"因声求气、心口合一、与我为化"的境界，产生如闻其声、如见其人、如临其境的意会效果，以直接感知诗歌的意蕴，进入诗人所描绘的艺术境界。咬文嚼字法的提出，鉴于古典诗歌重视炼字的特点，诗人炼字艺术对营造意境、抒发情感起画龙点睛作用，古典诗歌鉴赏和教学必须着力培养学生字斟句酌、咬文嚼字、抉微发隐的习惯。驱遣想象法的提出，鉴于古典诗歌艺术意境的特征，强调在古典诗歌鉴赏和教学中要引导学生调动自己的生活经验、情感思想等积淀形成的审美经验，展开联想和想象空间，通过再造想象、扩展想象让学生对诗歌的意境和主旨有更深层次的审美体味。沿波讨源法的提出，鉴于情感因素在文学创作中的重要作用，古典诗歌作家创作中始终伴随着强烈的情感活动，鉴赏和教学中必须着力培养学生批文入情的能力，通过对诗歌语言、意象、景物、构思等的"入情"，让学生真正有效地把握古典诗歌作家的思想情感，最大限度地获取诗歌的字面语言。细研技巧法的提出，鉴于古典诗歌丰富的艺术技巧，强调在古典诗歌鉴赏和教学中要引导学生仔细研究分析诗歌运用的描写、抒情等表达方式，比兴、象征、对比、烘托、联想、照应、虚实相生、动静结合、借古讽今、情景交融等表现手法，起承转合谋篇布局的技巧，以及修辞艺术等。

上述四个基本原则和五大基本方法无疑是古典诗歌鉴赏和教学的重要规律。

二、采用科学的阅读方法指导古典诗歌的鉴赏

阅读学研究的对象是阅读活动，而阅读活动是读者从文献中获得并运用信息、知识的社会实践活动、生理

过程和心理过程。为更加有效地指导学生古典诗歌的阅读活动，作者针对古典诗歌的特点，在本书第二章"古典诗歌分类鉴赏举隅"①中，对古典诗歌进行鉴赏性阅读指导和分类鉴赏指导。

鉴赏性阅读作为阅读类型之一，是指在阅读文艺作品的过程中对作品进行鉴别和欣赏的阅读。鉴赏性阅读是通过形象思维展开的，因为文艺作品以塑造形象来反映生活，读者在阅读中首先要以作品提供的形象为依据，通过自己的形象思维活动展开丰富的想象和联想，进行艺术形象的再创造。通过对作品理解的深化，使自己的认识得到理智上的领悟和感性上的反映。鉴赏性阅读不单包括对作品思想内容的分析鉴赏，还包括对作品艺术技巧和写作风格的鉴赏。②作者具体重点鉴赏分析了从汉魏南北朝时期至元代小令 54 首古典诗歌，其中，汉魏南北朝时期文人诗作 2 首、民歌 1 首、唐诗 45 首、宋诗 4 首、宋词 1 首、元代小令 1 首。

同时，作者实施了分类鉴赏法，在阅读方法论上，依据读物的性质和特点选择优化的阅读方法，具体地说根据古典诗歌的特色进行精细化分类鉴赏阅读指导，分

① 李建邡：《古典诗歌的鉴赏和教学》，东南大学出版社 2013 年 4 月版，第 55—172 页。
② 曹培根：《阅读指导》，苏州大学出版社 2003 年 8 月版，第 11 页。

为写景抒情诗鉴赏、山水田园诗鉴赏、托物寓意诗鉴赏、写人叙事诗鉴赏、咏史怀古诗鉴赏、别怀思诗鉴赏、边塞征战诗鉴赏、浪漫游诗仙鉴赏等八类。对于这种分类鉴赏法,江苏省教研室中学语文教研员、江苏省中学语文教学专业委员会秘书长朱芒芒在《守成与创新》本书代序中指出:"其特点是既符合诗情,也符合学情。"①

作者在古典诗歌鉴赏分析中还注重类比鉴赏,例如,《杜鹃声声寄哀情》②比较鉴析唐诗吴融的《子规》与宋诗余靖的《子规》,《咏蝉三绝异彩纷呈》③鉴赏分析唐代咏蝉三绝,《美不胜收菊花诗》④鉴赏分析文人咏菊花诗。

三、运用成功的案例设计古典诗歌教学的方法

古典诗歌的鉴赏教学目的是充分发挥学生的学习积极性和创造性,为有效地指导古典诗歌的教学,作者在

① 李建邡:《古典诗歌的鉴赏和教学》,东南大学出版社 2013 年 4 月版,第 2 页。

② 李建邡:《古典诗歌的鉴赏和教学》,东南大学出版社 2013 年 4 月版,第 98—100 页。

③ 李建邡:《古典诗歌的鉴赏和教学》,东南大学出版社 2013 年 4 月版,第 110—112 页。

④ 李建邡:《古典诗歌的鉴赏和教学》,东南大学出版社 2013 年 4 月版,第 113 页。

本书第三章"古典诗歌的教学设计简说"①中，设计了五种教学样式，包括：诵读体味式教学设计、系统讲授式教学设计、合作探究式教学设计、比较阅读式教学设计、活动体验式教学设计。五种教学样式的设计既体现了教育学、阅读学的基本原理，又体现了中小学教学实际，特别是在传承中小学语文教学传统教学经验的基础上，积极探索在新课程背景下的古典诗歌教学。苏州大学教授、硕士生导师王家伦在本书序中指出："本书第三章，是古典诗歌的教学设计，'诵读体味式教学设计'、'系统讲授式教学设计'、'合作探究式教学设计'、'比较阅读式教学设计'、'活动体验式教学设计'诸节，既是对传统语文教学的传承，又符合诗情，也符合新课程精神，可谓瞻前顾后、左右逢源。"②例如，第一节诵读体味式教学设计，"诵读"是诗歌教学不可或缺的环节，但在实际教学中诵读却往往被冷落，这是与古典诗歌教学的规律相违背的。作者把诵读体味式教学设计放在首位，或许是意在引起语文教学界的高度重视并纠正诵读教学之不足。第二节系统讲授式教学设计，作者强调课堂教学设计技巧和讲课艺术，涉及教学目的、教学

---

① 李建邡：《古典诗歌的鉴赏和教学》，东南大学出版社2013年4月版，第173—238页。
② 李建邡：《古典诗歌的鉴赏和教学》，东南大学出版社2013年4月版，第4页。

对象、教学语言等，提出了提高课堂教学质量的基本要求。第三节合作探究式教学设计，作者提出了古典诗歌教学中的发现法、研究法教学设计，涉及各类教学中普遍关注和在实践探索中的研究性教学问题。第四节比较阅读式教学设计，比较阅读是将内容和形式上有一定联系的两种或多种材料放在一起，进行比较分析，以明辨其相同点和不同点的阅读方法。这种比较阅读运用于古典诗歌的教学之中，不仅可以激发学生的阅读兴趣，培养学生从多角度研究问题的良好习惯和技能，而且还可以拓展学生新的思维领域，提高他们分析、鉴赏古典诗歌的能力。作者提出古典诗歌教学运用比较方法从三方面加以实施，一是注意根据具体的阅读材料选择比较阅读的形式，二是注意根据具体的阅读材料选择比较阅读的角度，三是注意通过比较分析找出古典诗歌的相同点和不同点。第五节活动体验式教学设计，根据语文新课程标准，强调学生活动体验的学习方式，设计古典诗歌活动体验式教学的基本要求和教学设计。同时，同一诗歌又提供了不同的案例设计。例如，《山居秋暝》，有系统讲授式教学设计，① 又有活动体验式教学设计。②

———————

① 李建郙：《古典诗歌的鉴赏和教学》，东南大学出版社 2013 年 4 月版，第 197—199 页。

② 李建郙：《古典诗歌的鉴赏和教学》，东南大学出版社 2013 年 4 月版，第 228 页。

综上所述，本书每一种教学样式的设计，既概论教学的基本方法和要求，又提供一两个教学案例，共9个教学案例，都很好地体现了教学理论和实操指导的结合。

从李建邡编著的《古典诗歌的鉴赏和教学》等成果，笔者有三点感受：

第一，根本是培养学生的能力。《古典诗歌的鉴赏和教学》贯彻以生为本的原则，通过实施新课程教学和探索研究性教学等，致力于培养学生鉴赏阅读古典诗歌的能力，引导和调动学生的学习积极性和创造性，实现教为了不教，提高学生的综合素质。这是当前中小学语文教学乃至各级各类教学必须关注的重要问题。

第二，研究是一项系统的工作。问题是研究的出发点，《古典诗歌的鉴赏和教学》是有针对性的研究，作者在研究中注意吸收现有研究成果，并从哲学、教育学、心理学、阅读学等多角度研究古典诗歌的鉴赏和教学问题，同时，作者在古典诗歌鉴赏和教学指要、古典诗歌分类鉴赏举隅、古典诗歌的教学设计简说中将大学与中小学教学上下贯通起来，上挂大学文艺理论、文学史、作品鉴赏等课程知识，下联中小学生和中小学语文教学实际。这说明教师要有丰富的知识储备和具备不断更新知识的能力，以达到在教学中处理好一桶水和一滴水的关系，能够游刃有余。

第三，创新是民族进步的灵魂。李建邡从事语文教学与研究三十余年，先后发表教育教学论文 100 余篇，结集出版语文教学专著《语文教学散论》《教苑漫录》《学海津逮》《古典诗歌的鉴赏和教学》，参加《中学语文教案》等 20 余本教学参考资料的编写工作。这充分说明，中小学教学第一线是从事教育教学研究的源头活水。成功的教育工作者总是创新劳动者，如果没有创新劳动而重复每一天，那就蜕变成了"教书匠"。

盼望有更多的像李建邡一样在中小学语文教学第一线的老师编著出散文、小说、戏曲等鉴赏和教学的精品力作，为全面提高语文教学质量，培养合格人才做出新的贡献，办好人们满意的教育。

徐雁教授的新书话体

书话是散文园地的奇葩，它汇合了中国传统题跋和诗话、词话、曲话等文体优长，以书为中心话题，以一点思想、一点史料和艺文情趣来介绍书的知识，品评书的得失，表现对书的钟爱，内容包罗万象，写法随物赋形，形成独特的文体风格。

徐雁教授是书话创作的高产作家，又是各种书话内容与体式的创新实践者。他的《秋禾书话》(书目文献出版社1994年版)继承唐弢先生《晦庵书话》传统，载录其在北京大学就学起在书海泛舟的结晶，分"书山零岩"和"书城礼记"两部分，收书话、书评、序论和随笔68篇，32万字。该书体现书话"说旧话新，融古谈今"，范围广及港台和大陆出版的文学文化名的编辑风貌、中国历史藏书事业的成败得失，开始不仅仅介绍书与人的历史掌故忠告、文人雅趣，而是通过对中国学术文化的理性探讨，寄托着复兴中华传统文化，企盼书香社会读书种子不绝的赤子之心。

《南京的书香》(与谭华军合著，南京出版社1996年版），收入《可爱的南京》丛书，58篇文章，17万字。全书体现了历史演进之经和富有个性化的事例之纬，充分展示南京古往今来多侧面的、形象的书文化全息画卷，填补了南京地区藏书无专史的空白；又对南京各个时期的著名藏书家和对书文化作出重大贡献的、有影响的文献学家设专篇予以全面介绍。著者以谙熟的书话笔法撰写各篇，使每篇文章既有学术性的谨严，又具艺术性的情趣，是言之有据的考证力作，有新的文献发掘和学术创见的文章，写出了"一点事实，一点掌故，一点观点，一点抒情的气息"来，尤其表达出著者传达一种书香精神之旨。

《雁斋书灯录》（陕西师范大学出版社1998年版），收入《华夏书香丛书》，全书分"秋禾书话""雁斋书后""书香盈邑"3辑，收书话作品65篇，27.9万字。作者继续以"致力于养育'读书人口'"为己任，以书话、书后形式介绍好书，并对当代人的读书状况、读书方法以及书话作品的源流发展等作评述。在《雁斋书灯录》里，作者引导书话创作，进行了可贵的探索。作者尝试将东坡式"书后"即"中国式书评"和晦庵式"书话"这两种书话体式在本集之中作一文体上的自觉分流，特设"秋禾书话""雁斋书后"专辑，并且对书话评判对象又尝试了两种体式，即一是话单本书的"单篇式的品评"或称"单行本书话"，二是话多本书的"集束式书话"或称"主题书话"。而对东坡式"书后",作者体会出"书后"体"三味",即"书后"体的作法"意必抽于前文""事必引于原著""神必导于作者",包括"书后"体应有所区别的"书跋""书后""书……后"和"序""引"等诸种变体。这样,书话、书后,加上单本和主题,实际上经过作者成功的实践,成构成了多种多样书话体式。

《沧桑书城》(岳麓书社1999年版),收入《长河随笔》丛书,全书分"书城札记""藏书故人""文瀚沧桑"3辑,精选学术性48篇书话文章,27万字。王余光《序》称之为"一部关于藏书家事迹与藏书史文献方面的学术札记的结集","著者徐雁80年代初期在北京大学图书馆学系读书的时候,就形成了这样的学术思路:以中国藏书史研究为基础,兼及书评书话的写作"。全书内容涉及藏书史、藏书家事迹及其藏书处掌故、淘书读书藏书的历史经验、旧书业兴衰以及学术文化风气的嬗变等。其中,有的是旧作新订,或增加内容,或变更体式,如从"单行本书话"改作"集束式书话"等等。"书城札记"的《话说"一宋一廛"》《保卫藏书楼》《"难得几世好书人"》。"文瀚沧桑"的《书目答问》《藏书纪要》《浙江藏书录两种》《藏书十约》《潜园遗事》《校雠广义》《止水轩书影》《中国近代藏书文化》《〈藏书纪事诗〉行世百年祭》《〈中国藏书通史〉缘起》《我国古代典藏保护技术》《藏书以致用：当代家庭藏书建设的方向》《有书真富贵：当代中国藏书家的排行榜》《百年来中国历史藏书研讨成果综述》等篇均为新撰学术性书话力作。该书2003年获教育部第三届中国高校人文社会科学研究优秀成果奖三等奖。

《书房文影》（江苏教育出版社2001年版），收入《读书台笔丛》，全书分"怀旧书房""艺文印象""访书展痕"3辑，收文65篇文章，30.7万字。作者在本书中较之其以前出版的书话随笔有了更多的尝试。在传统的书话、书评之外，又在品评书的内容上更多地增加了文艺书评、学术书评；在书话、书评的体式上更多地采用了比较书评、主题书评等多种体式；在评判手法上，又首次较为自觉地运用"印象批评"的方法来评新书旧籍，体现评论文字的从容和立场的公正，富有人性的同情和人文的关怀。这些都是在书评书话创作领域的可贵探索，为我国书评学提供了新的作品个案。

《开卷余怀》（东南大学出版社2002年版），收入《六朝松随笔文库》，全书分"读书志""余怀录""先辈影""友书记"4辑，26.7万字。全书展示作者开卷读书之余的感怀和内心的书香世界，尤以"读书志"载更多的印象式书评和集束式书评书话。诚如中国图书评论学会前会长伍杰先生评价这种特色的书评是："秋禾书评的书话特色，明显表现在不是板着面孔评书，而是以书为中心，不是干涩的评介，而是讲读书的乐趣，像讲故事一样，从容不迫，不紧不慢，娓娓道来。使读者无形中跟着他走，自然受到感染。最后由你自行作出结论。"

《徐雁序跋》(东南大学出版社 2003 年版)，收入《书人文丛·序跋小系》，为序跋体书话。载录其自序自跋及策划记、编后记等 18 篇，分为 3 辑。首辑载《秋禾书话》《雁斋书灯录》《书房文影》《开卷余怀》《华夏书香丛书》《读书台笔丛》《六朝松随笔文库》的序跋和策划记；第二辑载《中国读书大辞典》《名人读书录》《到书海看潮》《中华读书之旅》的序跋；第三辑载《南京的书香》《沧桑书城》《徐雁论文选》《中国文化的历史命运》《清代藏书楼发展史》《续补藏书纪事诗传》《中国历史藏书论著读本》等其研究中国藏书史和文化史的著述和译著的序跋。全书配 70 余幅图片与释文，图文并茂。

《苍茫书城》(河北教育出版社 2005 年版)，为书文化书话随笔集，收入《书林清话文库》，系《沧桑书城》一书之续编，分"书城内外篇""书与人杂志""书刊源流记"3 辑以及《徐雁序跋》一书之后的序跋，共24 篇。"书城内外篇"延续《沧桑书城》中"书城札记"文脉，而《"书铺"说》《"风雅"种种》《"耕读传家"的故事》《"可遇不可求"的花絮》诸篇书文化话题又有新拓展；"书与人杂志"承接《沧桑书城》中"藏书故人"专辑，而话题由古入今；"书刊源流记"与《沧桑书城》

中"文瀚沧桑"主旨相同,《书目答问》等篇又成专书学术史。来新夏先生撰《序》评全书为"总体风格更趋于平实沉潜",认为"徐雁以书文化为话题的随笔,不是一般的信笔之作,而是有其确定的中心的,他文章数变而始终未离其宗。其为文也资料丰富,考证方法纯熟,叙事多全其始末,与当前那些浮躁之文,迥然不同。"可谓贴切之评。

《中国旧书业百年》(科学出版社 2005 年出版),是我国第一部系统探讨近现代中国古旧书业发展历史和经营业态的原创型学术专著。分为燕京旧书业风景、江南旧书业风情、近现代书厄痛史、抢救和保护古旧书刊(上)、抢救和保护古旧书刊(下)、全国旧书业的"社会主义改造"、"史无前例"的当代书厄、"拨乱反正"之后、振兴当代古旧书业九篇,以中国古旧书业史为背景,叙述百余年来燕京旧书业和江南旧书业的风貌,掠影北京、南京、扬州、苏州、杭州、上海等历史文化名城的旧书业风情和旧书市场,披露近现代以来因内忧外患所造成的七大"书厄",回顾有识之士在社会动荡岁月保护和抢救中华典籍文献的义事壮举,反思"公私合营"对我国古旧书业经营传统的影响,剖析当代古旧书行业的症结,探讨挽救、保护和复兴中国旧书业的良策。全书 107 万字,勾勒中国百年旧书业史,学理性与史料性兼具,为旧书业写真存影,可视为中国百年旧书业书话。

如果说徐雁教授的《秋禾书话》《南京的书香》《雁斋书灯录》《沧桑书城》《书房文影》《开卷余怀》《徐雁序跋》《苍茫书城》《中国旧书业百年》主要载录他读万卷书的成果，那么，网络版《秋禾话书》（http：//hi.baidu.com/nj_xuyan）则是记录徐雁教授行万里路的成果。试以《秋禾话书·虞山行》为例——

8月20日，周一，晴，热。常熟—苏州。

今日晏起，乘着清凉，从容上山，游观山麓古迹。枫杨大树下，犹见"虞山福地"大石，多年前曾留一影于此。据说后来拓宽北门大街时，曾让此大石向山麓后移若干米至于现址。

"敕建先贤仲雍墓门"牌坊，清乾隆间所建，乃是江苏省文物保护单位，山道正整修中。二道牌坊额书"南国友恭"，有联："道中清权垂百世，行侔夷惠表千秋。"是用孔夫子语赞其洁身自好之隐逸精神也。坊额背书"让国同心"。史载仲雍为商末周族领袖古公亶父次子，与其兄泰伯奔吴，让位于季历，季历之子是为周文王。

拾级而上，至石梅鸟苑茶室，见有石梅园招待所，门上也有一对："人不在多，诚行便灵；室不在大，业精则名。"颇喜其地清幽。其侧有初平石，见曾朴等邑人同游刻石，观赏一番后沿山道继续上登，见辛峰茶室后折返。

时天蓝云白，松风徐来，鸟鸣林间。于是凭吊"先贤子游"墓园，有冬青、松柏环护，静谧安详。前有四柱三间石牌坊，有雍正时任江苏布政司鄂尔泰额书"南方夫子"。坊前左右各有一单檐歇山顶石方亭，形制古朴。道北者为"言子飨堂"，原存"墨池"、"石墨"、"先贤吴公修建祠墓记略"等石刻古迹，俱已不见。道南一亭，护栏浮雕以如意云纹、芝草、祥鹿之属。

有重檐歇山顶四柱石路亭居中，俗称"半山亭"，内有康熙四十四年御笔"文开吴会"之匾。前列牌坊三间，正面乾隆御书"道启东南"，坊额背书"灵萃勾吴"，惜左右落款均已漫灭。牌坊前有两戏珠石狮，完好无缺。惟两对四块石栏偃卧道旁，危矣！若为游人随意踩踏，则极易支离而破碎。抢救之道，唯在扶正归位，且为此地添一小景。

两侧墙围，见嵌有一小方汉白玉石碑，走近审视之，乃是清代常熟县府所示之"禁牌"："县正堂示案奉宪行：言子林墓前后左右，永禁折损树木篱笆。如违定照。勒石重宪。特示。""县正堂示案奉宪行：言墓前后左右，永禁掘泥厝棺。如违定照。

勒石重宪。特示。"

于是录抄于纸，其时阳光灿烂，气温升级，背为之浃。

一路走下至于影娥池上之"文学桥"，以子游在"十哲"中与子夏以"文学"称焉。见桥底水塘干枯，杂草丛生，为之可惜。桥前额书"言子墓道"之牌坊甚为雄伟，惟两柱对联已漫灭不可识读，亟需描绿，以存文献也。（后查书知，联语为其后裔言如泗所撰："旧庐墨井文孙守，高陇虞峰古树森。"）遗憾的是，虞山历经沧桑，如今名为国家级森林公园，但均为次生林，尚忆去春游"宝岩生态园"，所谓古树亦未曾见。

按：言子（公元前506年—公元前443年），即言偃，字子游，他是孔子三千弟子中的佼佼者，不仅名列"七十二贤"，而且还是"十哲"中惟一的江南人。是享受从祀孔庙待遇的先贤。据说以往在常熟城里，有言子祠、言子射圃、言子桥、言子巷、言子旧宅等。在《论语》中记载着子游向老师请教"孝道"等问题的事，也有他自己的心得："事君数，斯辱矣；朋友数，斯疏矣。"以及他任职武城宰期间，回答老师的询问："有澹台灭明者，行不由径，非公事，未尝至于偃之室也。"年逾六旬载道而南，归乡传学，吴中弟子注册者以千计。

临终前一年至青溪讲学，遂有奉贤之街，即其经行讲学所履之地也。许霆主编有论文集《常熟文化研究》（古吴轩出版社 2001 年 11 月版），篇目中有何振球《论常熟文化的成因》、杨佳香《略谈虞山文化》、朱晞《虞山琴派的渊源及流变考略》、吴正明《钱柳遗踪考辨》曹培根《论虞山派藏书家》，以及杨载江《言子在吴地传道简论》等，足资参考。

游山毕，田自助餐后，即坐车前往苏州。

《秋禾话书·虞山行》为日记体书话，游记式文章，徐雁教授又创一新的书话体式；内容为书人书事为中心的即时见闻录，其中有先贤胜迹掌故、珍贵的石刻文献，以及相关的参考读物等，具备书话诸要素。此书话新体式，令人读来真切生动。日记之外，不难让人感受到一个当代真正读书人的形象：清晨早起，思路敏捷，手勤脚快，以文献学家特殊的专业眼光捕捉珍贵文献，有所阐发。这里所话之"书"，为多种载体；所"游"所记，也为文献。

祝愿徐雁教授推出更多、更丰富多彩的书话精品，以引导读书，营造书香社会，养育读书人口。

第三辑 书前书后

《文学书香录》后记

　　本书是我从事地方文学与文献研究的又一阶段性成果。2004年9月17日，学校在元和校区410室召开了中国现当代文学重点学科建设启动会议。从此，根据学校学科建设需要，我从文献学切入参与学校中国现当代文学重点学科建设，围绕学科建设发展要求从事教学和研究工作。其间，与丁晓原教授主编《中国现代各体文学理论经典》丛书四卷，苏州大学出版社2007年12月出版，该书精选在中国现代各体文学发展史上具有历史意义和理论意义的各体文学理论经典之作，与以往选本不同，旨在推荐中国现代各体文学理论经典佳作，使菁华毕出，篇幅不多而包罗各体文学理论经典，凭一选本而可窥见诸多理论经典名家名篇，同时，紧扣中国现代各体文学理论发展线索，使诸家学说兼备。全书包括许霆编《中国现代诗歌理论经典》、周红莉编《中国现代散文理论经典》、计红芳编《中国现代小说理论经典》、季玢编《中国现代戏剧理论经典》，每卷导言对中国现代各体文学理论经典作导读，勾勒其理论发展史线索，对所选名篇均尊重原著原版，并精心校核，注明出处。该书出版后，得到学术界的认可，成为可供大学中国文学理论课程教学用书和中国现代文学专业研究生和研究人员的参考性工具书。

学校中国语言文学学科整体成为学校一级重点学科后，按照学科建设规划要求，学科安排我任中国语言文学学科一级学科的地方文学与文献方向带头人。该学科方向是学科根据地方本科高校学科发展的特点和现有队伍的构成情况，以及本学科支撑专业人才培养、服务地方经济文化建设和文化传承需要，多年来在本学科文学文献学研究专家队伍基础上，整合相关学科专家和学校吴文化研究会、苏南区域文化建设研究中心特聘教授参与凝炼成的特色研究方向。该学科方向支撑学院专业人才培养，我多年来承担了文献学、文献检索、地方文化、文书学、阅读指导、论文写作等课程的教学与研究，参与许霆教授主持的《"一体两翼"素质教育格局研究》，其成果获江苏省高等教育教学成果一等奖；我先后主持教育部师范教育科研课题《高师学生的科研教育理论与实践研究》、江苏省教育科学规划课题《本科生探索性学习和早期科研训练的研究》和《研究性学习综合实践课程的研究》，其中，《高师学生的科研教育理论与实践研究》获教育部师范教育司优秀研究成果。我先后主持国家社科基金项目《苏州传统藏书文化研究》、江苏省社科基金项目《常熟藏书文化研究》、国家清史工程项目《常熟乡镇旧志集成》、江苏省高校社会科学基金项目《近现代常熟作家群研究》《常熟翁氏文化世家研究》，主要参与国家古籍整理出版规划项目《中国古籍提要》丛书卷、江苏省社科基金项目《江苏地方文献书目》等，主要成果有主编《常熟文学史》，著有《文献检索知识概要》《文献史料论丛》《文献检索方法与影响书导读》《阅读指导》《书乡漫录》《瞿氏铁琴铜剑楼研究》《常熟翁氏文化世家》等，古籍标校出版成果有标校《常熟乡镇旧志集成》《重修常昭合志》、整理《黄人集》等，主要获奖成果有《常熟文学史》获江苏省第十二届哲学社会科学优秀成果奖，《书乡漫录》获江苏省高校第五届哲学社会科学优秀成果、《瞿氏铁琴铜剑楼研究》和《重修常昭合志》获苏州市哲学社会科学优秀成果奖等。

本书题为"文学书香录"，主要是其内容论述常熟文学与文献，而常熟是春秋时期孔门十哲之一言偃的出生地，言子道启东南，文开吴会，常熟文学源远流长，作家辈出，著述丰富，成文献渊薮，被誉为文学之乡。

常熟又是藏书之乡，名副其实的书香城市。2004年

12月，我将论述书乡常熟的文章结集为《书乡漫录》，由河北教育出版社，收入傅璇琮、徐雁主编的《书林清话文库》。书出之后，学术界给予充分的肯定。《光明日报》2005年5月12日第10版专版发表《弘扬书籍文化 传承学术薪火》一组书评，中国版协学术委员会主任吴道弘在《书籍的历史与文化》一文中说："江苏常熟人杰地灵，名家辈出，是国家历史文化名城之一，被誉为'中国藏书之乡'。一般人比较熟知的只有瞿氏铁琴铜剑楼和翁同龢的藏书等等。而曹培根先生所著《书乡漫录》，则以常熟的学问家、著作家、藏书家为中心，集中全面的研究和阐述了常熟的历史文化遗产。这类围绕书人书事展开研究地域文化的选题，是很有启发意义的。"浙江省社科院研究员顾志兴在《喜见"清话"续新篇》一文中说："这部《书乡漫录》虽云'漫录'，在我看来《虞山书人》《藏书盈室》不啻是部常熟藏书史。其中《翁同龢藏书的风貌》一文，述翁氏世家藏书，言其藏书数量质量、探索翁氏藏书来源、特点及其藏书思想等，皆考证有当，条分缕析，是本书中最有分量的一篇。由于常熟藏书在明清时期的重要地位，爱好和研究藏书史的读书人，定会喜欢这本书。"北京师范大学教授周少川在《书文化的盛宴》一文中说："曹培根是常熟文献学史专家，因而他的研究对象自然是乡邦文献及藏书史料。总之，作者们在如此多的专题内阐幽发微，各抒所长，为读者提供了书林采英、各取所需的方便。……《文库》最突出的特点是充分利用了笔记体裁自由驰骋的优势，进一步拓宽了书话写作的范围，增加了许多书文化研究的内容。其中如孟昭晋的目录学研究，谢灼华、刘尚恒的藏书文化研究，曹培根的常熟藏书史研究，周岩的中国书店发展史与古旧书业研究，以及各书关于前辈学者的研究等等。从而使《文库》的内容在书话散文原有的事实、掌故、抒情之外，增添了一份学术理论的厚重。"国家图书馆出版社罗琼博士在《常熟地方文献的历史回眸——读曹培根先生〈书乡漫录〉》一文中说："常熟自古就是藏书之乡，是中国古籍的集散地。尤其是明清以来，其藏书数量之巨，学术价值之高，在中国藏书史上罕与伦比。这些代代无穷已的藏书家，卓尔不群，风格独异，形成独特的虞山藏书派。学人曹培根先生的《书乡漫录》，旁搜远绍，融目录、版本、校勘、典藏、文化等多科知识，系统、深入研究了常熟的藏书历史，揭示出常熟藏书活动的内在深刻社会精神含义，集中而全面地展现了常熟历代藏书风貌。此书非但文献研究者参考必备，文史研究者亦能受益不菲，堪称常熟藏书史研究的里程碑之作。"(《新世纪图书馆》2006年第4期）杨永生在《虞山书人的"形象大使"——评曹培根先生的〈书乡漫录〉》一文中说："常熟文化底蕴厚重，自古以来是全国私家藏书中心之一。《书乡漫录》对虞山派在中国藏书史上的影响、主要藏书家及藏书楼进行了研究和探讨，从而在文化角度成为苏南名城的"形象大使"。常熟文化底蕴厚重，自古以来是全国私家藏书中心之一。《书乡漫录》对虞山派在中国藏书史上的影响、主要藏书家及藏书楼进行了研究和探讨，从而在文化角度成为苏南名城的'形象大使'。"（《长春师范学院学报》2006年第4期）江少莉在《南北书林清话娓娓》一文中说："曹培根的《书乡漫录》与周岩的《我与中国书店》两书，可称为南北书林的'双子星座'。……曹培根先生的《书香漫录》一书，便是在一番旁征博引、融会贯通中，于'虞山书人'、'藏书盈邑'、'琴川书事'以及'学人书品'四章中，为常熟的藏书历史明晰条理。"（《中国图书评论》2005年第6期）此外，《书林清话文库溢书香》（《文汇读书周报》2005年4月15日7版）、虎闱《书林结缘清话沧桑》（《中华读书报》2005年4月27日23版）、刘衍双《清话虞山漫录书趣——读曹培根先生的〈书乡漫录〉》（《吉林商业高专学报》2005年第1期第95—96页）等，给予《书乡漫录》高度的评价，这些都是对我莫大的鼓励和鞭策，并激励我继续从事常熟地方文献研究。本书题"文学书香录"，又意作《书乡漫录》一书的续篇，而本书较之《书乡漫录》其内容更多涉及常熟文学与文献的主题。

本书结集出版得到许霆教授、丁晓原教授的指导和学科同人的帮助，收入《虞山人文》丛书，本书成果还列为常熟理工学院苏南区域文化建设研究中心研究项目《常熟家族文化与文化家族之传承研究》，在此一并表示衷心感谢！

2013 年 11 月 9 日于常熟理工学院

《常熟藏书史》绪论、余论、后记

绪论——常熟私家藏书在中国藏书史上的地位

  书籍是人类积累、存储和传播知识的重要载体，具有保存人类精神产品、交流传递知识信息、进行社会教育和丰富人们文化生活等多种社会功能。书籍既是社会生活的产物，又是影响社会进一步发展的有利因素，是文化的组成部分和文化发展的重要标志。中国是世界文明古国，书籍数量多，流传时间久，其悠久的历史文化是与书籍的收藏、保管、刻印传播和开发利用等密不可分的。中国藏书文化是中国传统文化极为重要的组成部分，也是最具特色的部分。中国藏书系统通常分为公藏、私藏两部分，前者包括皇家藏书、中央官府藏书、地方官府藏书，后者即私家藏书，此外还有介于两者之间的书院藏书、寺观藏书。而私家藏书在其中具有重要地位，它对皇家、官府、书院、寺观等藏书贡献最为突出。流传至今的中华典籍，大多数是经过历代私人藏书家递藏的。"积书而读，丹铅治学"是中国古代私家藏书的优良传统，藏书兴则读书盛，私家藏书对中华典籍的积累、保存、整理、再造和传播贡献甚大，对促进文化教育和学术研究发挥了重大的作用。

说到私家藏书，不能不提江南古城常熟。常熟地处江南腹地，这里地灵人杰，素有文学之乡的美称，是历史上的文化重镇、吴文化的发源地之一，在中国文化版图上具有举足轻重的地位。孔门"南方夫子"言偃（公元前506—公元前443），道启东南，文开吴会，开启江南崇文历史传统。自唐至清，常熟有进士485名，其中状元8名，榜眼4名，探花5名。《江苏艺文志》载常熟著述家2085人，著述雄冠东南。特别是，常熟明清以来形成的虞山派，包括虞山诗派、虞山画派、虞山琴派、虞山印派、虞山书派、虞山藏书流派是在中国文学、艺术、学术史上最具深远影响力的流派，是产生于江南核心地带、最体现江南特色亮点的自觉型、地域性文学、艺术、学术流派的典型。常熟私家藏书远有端绪，绵延不绝，代不乏人，传承有绪，特色鲜明，特别是，明清以来常熟成为中国私家藏书的中心地之一，被誉为藏书之乡、藏书圣地。

一、常熟私家藏书历史长

中国私家藏书始于春秋时期的孔子。常熟言偃北学孔门，列入"孔门十哲"，以"文学"著称。言偃是孔氏私学南下并传播中原文教于吴地的创始者，也是中国南方最早的藏书家和文化传播者。孔子最早编写和整理上古文献，具体编订了"六经"等，而言偃跟随孔子参与了部分文献的整理，还根据孔子对弟子的口述笔录而整理成文献，其传播的有《礼运》等篇。言偃等将孔子与颜回、闵子骞、冉伯牛、仲弓、子路、冉有、子贡、宰予、子游、子夏、公西华、原宪、子张、有若、曾皙、曾参、樊迟、漆雕开等弟子的言行材料编集成《论语》一书，集中传播孔学文献。孔子去世后，言偃仿效先师收徒授业，将自己跟从孔子口耳相传学习的孔学传授给弟子，先在山东等地培养儒学人才，后来又遵照先师"吾道其南"的意愿，传学南方，收徒讲学，教化民众，将孔学文献口述传播。言偃藏传孔学文献，"使孔子之道渐于吴，吴俗乃大变，千载之下学者益众，家诗书而户礼乐"。后世认为，"东南学道之宗实言氏启之"。明人张洪的咏言偃《言公祠》诗颔颈二联说："文学当时推第一，弦歌此日最为先。故乡祠庙非陪祀，后世衣冠亦像贤。"的确，由于言偃的影响，常熟包括文学、历史藏书在内的学术文化传统源远流长。

除言氏外，史书记载常熟较早的藏书家为北宋后期人郑时，宣和六年（1124）进士，文史书多手抄编录。宋淳熙时的国库官员张攀（1154—1223），撰有《中兴馆阁续书目》，曾掌参领书籍、国史、天文历数之事，当有私藏。钱观复（1090—1154）及其子俣、佃，均是宋代常熟有影响的藏书家。

元代黄公望（1269—1354）是虞山画派的创立者，好藏书、抄书。元至正间常熟支塘人虞子贤的城南佳趣，藏书"甲于三吴"。陈基《夷白斋稿》卷27载《书绅斋记》，称常熟徐元震（1309—1355）营别业于松江笠泽之上，聚书万卷，在当时颇有影响。进入明代，常熟的藏书家、藏书楼越来越多。明代以吴讷（1372—1457）为代表的吴氏家族就是藏书世家，其七世孙吴历为清初名画家，也是虞山书家的代表人物。据《明初言裔改姓吴氏图谱》载，吴氏为言子裔孙的一个宗支，其藏书世家也即言氏藏书世家的一支。明弘治间陈察的虞山精舍搜罗图书颇丰，瞿镛《铁琴铜剑楼书目》、章钰《四当斋书目》均著录陈察藏书，翁同龢所藏李延寿撰《南史》80卷元大德十年（1306）刻明修本有钤即："苏州常熟虞山精舍至乐楼主人河南道御史陈察原习之记。"

自宋、元至明代前期，常熟有影响的藏书家有40多位。自明代后期特别是嘉靖以后常熟涌现了众多的藏书家和藏书楼，其中有全国一流水准的藏书家和藏书楼，当时的常熟也就成为全国私家藏书中心地。

二、藏书家、藏书楼数量多

常熟藏书家、藏书楼在数量上在全国县市中遥遥领先。据范凤书统计，中国历代藏书家为4715人，其中明代 869 人，清代 1970 人。中国藏书家省区分布江苏为 967 人，占 20.5％，最多的 10 个县市为：苏州 268 人，杭州 198 人，常熟 146 人，湖州 94 人，绍兴 93 人，宁波 88 人，福州 77 人，嘉兴 75 人，海宁 67 人，南京 60 人。[①] 常熟仅次于苏州和杭州，在县级市中无疑当列为第一。据《江苏刻书》《江苏出版人物志》《江苏艺文志》《琴川书志》等载，明代常熟藏书家约有 150 多人，其中 124 人有刻书活动，清代常熟的藏书家与明代相当，有 125 位藏书家刻过书。[②] 明清两代常熟一地有近 300 位藏书家。《（同治）苏州府志》称："常邑自绛云、汲古以至爱日、稽瑞，二百余年间储藏家代不乏人。"《常昭合志》设藏书家一门，其类序载："独吾邑以藏书之名著闻于海内者，自元明迄今，踵若相接，其遗编散帙，流传四方。好事者得之，或谓虞山某氏之所录，或谓琴川某人之所题识，以相引重。"叶德辉在《常熟顾氏小石山房佚存书目》序中，对明清常熟的收藏给予高度评价："常熟为江南名县，其士大夫喜藏书，自为一方风气。以余所知，前明有杨五川七桧山房、赵清常脉望仙馆，储藏之富，远有师承。其后继之者，为毛子晋

① 范凤书：《中国私家藏书概述》，见虞浩旭主编《天一阁论丛》，宁波出版社 1996 年 11 月版，第 259—282 页。

② 曹培根：《文献史料论丛》，中国文联出版社 1999 年 12 月版，第 71—72 页。

汲古阁、钱牧翁绛云楼。绛云火后，余书归族子曾述古堂。甲宋乙元，转相传授。乾嘉之际，有张月霄爱日精庐、陈子准稽瑞楼，近今犹有瞿子雍铁琴铜剑楼。盛矣哉！以一邑之收藏，为中原之甲秀。"

三、藏书家藏书的质量高

常熟不仅有藏书家、藏书楼数量上的领先地位，而且有收藏质量上的优势。赵氏脉望馆所藏《古今杂剧》242 种，被誉为研究我国戏剧史的大宝库，郑振铎称之为"仅次于敦煌石室与西陲的汉简的出世的"。[①] 钱谦益称赞脉望馆所藏为"近古所未有者"，而他自己的绛云楼光是收藏的宋刻书就多达数万卷，曹溶在《绛云楼书目题词》中称钱氏藏书"所积充牣，几埒内府"，有"大椟七十有三"。《牧斋遗事》记："大江以南，藏书之富无过于钱。"绛云楼被焚后，钱谦益在《宋本汉书跋》中痛心地说："甲申之乱，古今书史图籍一大劫也。吾家庚寅之火，江左书史图籍一小劫也。今吴中一二藏书家，零星掇摭，不足当吾家一毛片羽。"钱曾接受了绛云楼焚余之书，其宋刻书"可当绛云楼之什三"，[②] 藏书多至 4180 余部。张金吾的爱日精庐藏书达 10.4 万卷，

---

① 郑振铎：《跋脉望馆抄校本古今杂剧》，参见《西谛书话》，三联书店 1983 年 10 月版，第 322 页。

② 叶昌炽：《藏书纪事诗》，上海古籍出版社 1989 年 9 月版，第 335—348 页。

且多宋元秘本、孤本。陈揆的稽瑞楼所藏不下 10 余万卷，多罕见之本，唐代以前的著作略备。瞿氏铁琴铜剑楼被誉为清四大藏书家之翘楚，其藏书质量公认最古最善。翁同龢藏书被列为晚清九大藏书之一，收藏了许多珍稀古籍善本书。虞山派藏书家开崇尚宋元版之风，加之常熟富饶之地，士民殷实，有足够的经济实力购求古本，所藏宋元本特多，如今传存和入藏国库的宋元本，大多经虞山派藏书家递藏。仅瞿氏铁琴铜剑楼捐赠北京图书馆并载入《北京图书馆善本书目》的达 242 种 2501 册。李致忠《宋版书叙录》著录北京图书馆宋版书 60 种，其中 31 种经虞山派藏书家递藏过，可见藏书质量之一斑。

四、虞山派藏书影响大

明代末年以来，常熟出现了以钱谦益为代表的具有辐射和影响力的虞山藏书流派，由此奠定了常熟私家藏书在中国藏书史上的地位。

中国古代私家藏书流派的形成，是私家藏书事业鼎盛的一个极为重要的标志。藏书流派问题的最早提出，是明代学者胡应麟（1551—1602）。他在所撰《少室山房笔丛》卷四《经籍会通》之四 ① 借用宋人对画家分类

---

① 胡应麟：《少室山房笔丛》卷四，《经籍会通》四，上海书店 2009 年 4 月版。

的方法，将藏书家分为好事家、鉴赏家，并附带提到附庸风雅的"雅尚"者。此后，清代学者洪亮吉（1746—1809）在《北江诗话》卷三[①]中从藏书家的旨趣和成就特征角度，把藏书家分成考订家、校雠家、收藏家、赏鉴家、掠贩家五等。近人叶德辉（1864—1927）对洪氏的分等说不完全赞同，他在《书林清话》卷九"洪亮吉论藏书有数等"条里提出"考订、校雠，是一是二，而可统名之著述家。若专以刻书为事，则当云校勘家"。不少藏书家又"考订、校雠、收藏、鉴赏，皆兼之"。[②]缪荃孙（1844—1919）在《〈书林清话〉序》中列举姑苏之学术家，分为"考订家""校勘家""收藏家"三家[③]。与此同时，一些学者注意到私家藏书的地方区域特色，以此来剖析藏书家的特点。"常熟派"之说，最早见诸被誉为"清代校勘第一人"的清代学者顾广圻（1766—1835）为《清河书画舫》十二卷抄本所撰跋："藏书有常熟派，钱遵王、毛子晋父子诸公为极盛，至席玉照而殿。一时嗜手抄者如陆敕先、冯定远为极盛，

① 洪亮吉：《北江诗话》卷三，《洪北江全集》，光绪三年（1877）阳湖洪氏曾孙用憨授经堂刊本。

② 李庆西标校：《叶德辉书话》，浙江人民出版社 1998 年 7 月版，第 240—241 页。

③ 李庆西标校：《叶德辉书话》，浙江人民出版社 1998 年 7 月版，第 19—20 页。

至曹彬侯亦殿之。"①顾氏之说侧重于概括常熟派藏书家嗜手抄的特点。清光绪年间，潘祖荫（1830—1890）将"常熟派"细分为"二派"。潘祖荫辑刊《滂喜斋丛书》，载陈揆《稽瑞楼书目》并潘祖荫序称："吾乡藏书家以常熟为最，常熟有二派，一专收宋椠，始于钱氏绛云楼、毛氏汲古阁，而席氏玉照殿之；一专收精抄，亦始于钱氏遵王、陆孟凫，而曹彬侯殿之。"周星诒（1833—1904）说："藏书家首重常熟派，盖其考证板刻源流，校订古今同异及夫写录、图画、装潢、藏庋，自五川杨氏以后，若脉望、绛云、汲古及冯氏一家兄弟叔侄，沿流溯源，踵华增盛，广购精求，博考详校，所谓读书者之藏书者，惟此诸家足以当之。"②1997年，曹培根在《常熟文献史在中华文献史上的地位论略》一文中，从虞山派收藏传统、汲古阁等刻书的影响、文献学史料特色三个方面论述常熟文献史在中华文献史上的地位。③

---

① 顾广圻著，王欣夫辑：《顾千里集》，中华书局 2007 年 12 月版，第 331 页。

② 周星诒：《题记》，见章钰：《钱曾〈读书敏求记〉校正》，台北广文书局 1967 年版。又，钱曾著，管庭芬、章钰校证，佘彦焱标点：《读书敏求记校证》，上海古籍出版社 2007 年 12 月版。

③ 曹培根：《常熟文献史在中华文献史上的地位论略》，《吴中学刊》1997 年第 1 期，第 33—38 页。

虞山派藏书家的特点是开放、勤奋、精致、创新。

一是开放。虞山派藏书家是开放者之藏书，藏书致用、流通古籍的思想占主导地位，他们通过编印家藏书目来传播藏书信息，或以刻书为己任来广传秘籍，或提供借用以共享私藏。脉望馆赵氏父子通过精校刊刻、编目撰跋、提供阅抄等途径交流私藏。钱谦益在绛云楼失火后，将焚余之书悉数赠予钱曾，并在《牧斋有学集·李贯之先生墓志铭》中颂扬李如一"天下好书，当天下人共之"的藏书开放思想。毛晋"缩衣节食，遑遑然以刊书为急务"，吴伟业《汲古阁歌》赞扬他"君获其书好示人，鸡林巨贾争摹印"。张海鹏以毛氏汲古阁为榜样，"以剞劂古书为己任"，提出"藏书不如读书，读书不如刻书，读书只以为己，刻书可以泽人"。张金吾抱着"乐与人共，有叩必应"的态度公开私藏。铁琴铜剑楼瞿氏更是公开其藏书，供读书人前往浏览、校勘、转抄、参观，使藏书发挥作用，还编印《铁琴铜剑楼宋金元本书影》《铁琴铜剑楼藏书目录》《铁琴铜剑楼题跋集录》及撰跋以飨海内外人士，提供所藏善本影印入《四部丛刊》《续古逸丛书》，新中国成立后又将私家藏书捐献国家。

二是勤奋。虞山派藏书家都是勤奋好学者，是读书者之藏书。脉望馆赵用贤、琦美父子喜藏书，精校勘，开虞山派藏书家藏书、校勘之风。钱谦益在《列朝诗集小传》中称赵用贤"强学好问，老而弥笃，午夜摊书，夹巨烛，窗户洞然，每至达旦"，其子琦美"朱黄雠求，移日分夜，究老尽气，好之之笃挚，与读之之专勤，盖近古所未有也"。钱谦益是读书者之藏书的典型代表，曹溶《绛云楼书目题词》记钱谦益"每及一书，能言旧刻若何，新板若何，中间差别几何，验之纤悉不爽，盖于书无所不读"。钱曾重视对藏书的校理，终身苦读勤藏，《也是园书目》《述古堂书目》和《读书敏求记》载录了其校勘成果。毛晋曾师从钱谦益，钱谦益称毛晋故于经史全史勘雠流布，务使学者穷其源流，审其津涉。毛晋子毛扆承其家学，为搜辑古椠本，考订讨论，正世本之失。

三是精致。虞山派藏书家是好古敏求者之藏书，他们的藏书追求精致，质量一流。以钱谦益为代表的虞山派藏书家首开好古收藏之风，所藏多宋元本、抄本及稿本。叶德辉在《书林清话》卷九"吴门书坊之盛衰"条中称："国朝藏书尚宋元板之风，始于虞山钱谦益绛云楼、毛晋汲古阁。"叶氏还在"明以来之抄本"条里，论述明以来抄本书最为藏书家所秘宝者23家，其中常熟藏书家占了12家。虞山派藏书家好古收藏成风，钱谦益《绛云楼书目》所收必宋元板。钱曾在《述古堂藏书目》序中自述"生平所嗜，宋椠本为最"。毛晋计页酬钱购求宋椠本和旧抄本，对于世上罕见并被他人收藏而购求不到的宋本，就用佳纸墨影抄，称之为影宋抄，为藏书家们争相效仿和购求。

四是创新。虞山派藏书家在藏书理论与实践上讲究创新，藏书家有自己的理论并形成独特的流派。常熟藏书家有自己的藏书理论，这些理论散见于他们的藏书目录、藏书题跋及其文章中。赵琦美的《脉望馆书目》开近世著录残宋元本先例，其大量校跋文字成为后人鉴定版本的重要依据。钱谦益的《绛云楼书目》分类较细，对当时的文献单独著录，以及在一些类目的设置上有所创新，他的许多题跋对重要古籍作了评论，包括版本优劣、内容得失、作者思想、著作水平及读书感想、得书经过等，以题跋存史。钱曾的《也是园书目》《述古堂书目》《述古堂宋元本目录》和《读书敏求记》，分别从体制上首创普通书目、善本书目和题跋目录格式，尤其是《读书敏求记》提出了较为科学的鉴定版式的方法，成为中国第一部研究版本的专著。钱曾的题跋重在版式装潢、纸张墨式等形式特征的记录和鉴赏，对古书刊印、抄写、藏弄源流的考述精细。毛晋题跋内容包括对学风的批评、对图书内容的评价，以及对作者的介绍评论和对后人评价的引述，其内容和风格影响后人。毛扆的《汲古阁珍藏秘本书目》最早详注宋元各种版本，便于鉴证，是最早的完整意义的善本书目。正是由于有了这些藏书理论和方法的积累，后来常熟藏书家孙从添所撰

《藏书纪要》成为虞山派藏书家藏书理论的代表作，书中系统地总结了虞山派藏书家的藏书工作经验和方法，对后来的私人藏书家产生了重大的影响。

一种学术文化现象的产生，总是与产生它的历史文化环境相关联的。常熟藏书家根植于尚文的吴中文化土壤。常熟为经济繁荣的吴中腹地，文化源远流长，历代尚文重教，书院林立，教育昌盛，科举及第者数量多而品第高，著述家辈出。常熟有深厚的文化底蕴，藏书成为独特的一派世所必然。虞山派藏书家好古收藏要有经济实力，尤其是在一庄换一书的情况下，购求大量古本，耗资巨大，而富饶之地，士民殷实，有足够的经济实力购古书，以满足藏书家们好古志趣。社会重视文教，藏书家们尊经也是必然的。藏书家的开放思想，也与吴中人开放的性格相吻合。这些都是形成虞山派特点的重要原因。此外，常熟交通发达，典籍交流便捷；印刷技术为家坊普遍使用，古书既为研习的必需品，也是交换的好商品和珍贵的遗产，这也促使藏书家们广泛搜藏典籍、广泛交流利用文献。

私家藏书总有一个积累的过程，值得注意的是，一定的区域范围往往会形成独特的传书网络。在我国历史上，家族一直在社会发展中占重要地位，研究一地文化消长盛衰、藏书传播聚散等情况，应当首先搞清楚这一地区一些主要家族的情况，他们是该地藏书的发动、传播者，藏书世家是维系一地藏书世传不辍的纽带，正是族姓内部的渊源家学和文化传统，异姓之间姻联、师承、结友等种种关系，使家族内部藏书纵向传递，家族之间藏书横向联络，相互影响，构成纵横交错的传书网。常熟藏书家们大多世传家学，代增藏书，宗族、家族藏书越聚越多。族姓、家庭内部的文化传统、家学渊源，使藏书纵向传递；族姓外部异姓间联姻、师承、结友等关系，使藏书横向联络，纵横交错的传书网，环环紧扣。因此，藏书流派愈接愈盛，藏书家们所藏之书往往此散彼聚，在一定的区域范围内保留相当独特的格局。钱谦益的好古收藏，继承了宋以来藏书家的藏书传统，作为一代文坛领袖他又影响了其族孙钱曾、学生毛晋，以及一批追随仰慕他的文人学子，如此越传越广。钱谦益曾得到脉望馆赵氏等多家藏书，其绛云楼焚余之书又归诸钱曾，钱曾的藏书又为其后常熟及周边的其他藏书家所递藏，并纷纷效仿，以之为范式，继承收藏传统，久而不散，形成别具一格的收藏风格和模式。

虞山派藏书家对后世的影响是极其深远的。晚清四大藏书楼，即常熟瞿氏铁琴铜剑楼、浙江杭州丁氏八千卷楼、吴兴陆氏皕宋楼、山东聊城海源阁，他们无一不继承虞山派的传统，这充分说明了虞山派的吸引、辐射和影响力。如今归诸国库的大量宋、元本珍贵古籍，经许多藏书家递藏，有虞山派藏书家的重大贡献。虞山派好古求全的收藏，推动了校勘、辑佚、编纂、出版等学术文化事业，使这些学术的发展有丰富的史料素材。虞山派藏书家有不少人本身都是著名的考订家、校雠家、出版家、著述家。以丛书辑刊来说，张海鹏等虞山派藏书家好汇辑丛书，并形成博采广收、集诸家之长的综合派特色，在清以来丛书辑撰流派中独树一帜，他们就是以自己的特色收藏为依托。

余论：常熟藏书文化的传承与发展

常熟藏书文化是常熟优秀传统文化重要组成部分。传承与发展常熟文化，是贯彻中共十八大对文化建设的新要求，"建设优秀传统文化传承体系，弘扬中华优秀传统文化。"[①] 常熟市率先基本实现更高水平的现代化建设目标，迫切要求通过传承保护与发展常熟文化，推进文化建设工程，激发文化强市活力，坚持文化传承与文化创新相结合，发挥文化引领风尚、教育人民、推动发展的作用，用文化塑造城市品牌、提升城市魅力、增强城市实力，努力把常熟建设成为文化事业繁荣、文化产

---

① 胡锦涛：《坚定不移沿着中国特色社会主义道路前进　为全面建成小康社会而奋斗——在中国共产党第十八次全国代表大会上的报告》，《人民日报》2012 年 11 月 18 日，第 1 版。

业发达、文化人才辈出的现代江南文化名城；通过传承保护与发展常熟文化，提振发展精气神，进一步丰富、拓展和提升体现常熟历史文化底蕴和人文精神内核的城市精神，在继承优秀传统的基础上铸造新时期常熟发展的精气神；通过传承保护与发展常熟文化，推出叫得响、传得开、留得住的精品力作，打响江南文化品牌，扩大常熟文化影响力，推进文化与城市、旅游、科技的互动融合。

常熟文化是常熟城市的灵魂，也是常熟竞争力的核心元素之一。常熟是吴文化的重要发源地，作为常熟的第一优势，常熟文化底蕴的厚重深邃和文化内涵的博大精深，使常熟具有独特的魅力，千百年来，勤奋进取、精致细腻、崇文重教、谦和儒雅的文化品格和文化理念，渗透在常熟社会经济文化生活的方方面面，成为当代常熟人的宝贵精神财富。常熟转型升级、创新发展关键时期的科学发展，迫切需要经济、文化协调发展，传承保护与发展常熟文化，把城市文化建设摆到城市发展的战略位置，在传承好常熟文化人文精神的基础上，使常熟特有的传统文化与现代文明有机结合，为现代经济发展服务，为现代人的精神需求服务，彰显城市个性，提升城市品位，增强城市的竞争力和影响力。

常熟文化最显著的特征：一是尚文文化，常熟多耕读传家的文化家族，家族人员勤俭持家、勤奋好学，耕便有经济来源，读则取文化资源，这是家族发展的原动力；二是和谐文化，常熟文化家族以和谐处理家族内部和外部关系，家族内部以孝爱团结凝聚家族人员，家族外部以厚德公益联络社会各界，这是家族和谐持续发展的重要保障；三是风雅文化，文献之邦常熟的文化家族在文献建设上贡献卓著，常熟文化家族兴盛体现在一门风雅，家族人员诗文词赋、琴棋书画无所不能，虞山诗派、虞山画派、虞山琴派、虞山印派、虞山书派、虞山藏书流派其代表性人物多为常熟文化家族的核心人物；四是气度文化，常熟文化家族耕读起家，科甲鼎盛，簪缨不绝，家族成员为官，有正气浩然的为政风范，自立守操，进则励精图治，治国安邦，关心社稷民生，退则修身养性，达观处世，虑谋有所作为。这些都是常熟城市精神的核心内容。

常熟文化最亮点是藏书文化。常熟藏书甲天下，这里是历代藏书家的结集地，天下秘籍群聚。常熟有全国一流水准的藏书家和藏书楼。常熟一座座质朴典雅的藏书楼是中国历史上千千万万矢志不渝的藏书人的精神家园，它们哺育了一代代读书人，承担着古代典籍的收藏、保护重任，在古代文献的研究、校勘、刊行等方面都做出了不可磨灭的贡献。它们传承了丰富的文献典籍，也传播了博大精深的中国历史文化常熟。常熟藏书家开放、勤奋、精致、创新的特点，也就是常熟藏书文化遗产的重要特色。

常熟重视对现存藏书楼的保护和利用，此始举三例：

（1）瞿氏铁琴铜剑楼，位于常熟古里集镇中心西街。原名恬裕斋，因得铁琴、铜剑，于是名命为铁琴铜剑楼。清咸丰十年至同治二年，瞿氏避战乱将铁琴铜剑楼藏书精品迁移。民国十三年（1924年）冬，军阀齐、卢混战时，瞿启甲又将藏书精品转移到上海爱文义路（后改北京西路）1475里11号租屋内密藏。日本侵略军掠夺常熟时，狂肆轰炸，铁琴铜剑楼主楼外的瞿氏其他斋室堂舍以及所留书籍文物，悉成灰烬。

新中国成立后，铁琴铜剑楼经多次修缮。1982年11月公布为县级文物保护单位。1990年5月，筹建铁琴铜剑楼纪念馆。1991年12月5日，铁琴铜剑楼纪念馆开馆。2006年6月5日，铁琴铜剑楼列为江苏省第六批省级文物保护单位。2008年6月11日，常熟市人民政府公布为常熟市首批名人故居。2006年12月15日，铁琴铜剑楼修缮恢复工程奠基，至2009年5月16日竣工。修缮后的铁琴铜剑楼历史文化街区占地30亩，投资2000多万元，完成了铁琴铜剑楼实施恢复性修缮，修缮了纪念馆，并建造了铁琴铜剑楼遗址公园和文化广场，修缮建设总面积600平方米。2009年5月16日，经修缮的铁琴铜剑楼开馆。国家文化部社图司副司长刘小琴在开馆仪式上讲话，指出："在中国文化史上和藏书界中，铁琴铜剑楼具有很高的地位，享有很高的声誉。常熟对铁琴铜剑楼重新修缮的做法非常有意义，在为历史书写重彩浓墨的新篇章的同时，也为全国同行树立了典范。"同日，铁琴铜剑楼与中国藏书文化学术研讨会暨第五届中国现有藏书楼联谊会在常熟市图书馆报告厅举行，"铁琴铜剑楼藏书文化研究会"宣布成立。2010年4月21至24日，古里镇人民政府举办"书香古里：2010华夏阅读论坛"，中国阅读学研究会颁授古里镇"书香古里"纪念匾牌，来自北京、江苏、浙江、湖南、山东等8省市的40多位专家、学者、藏书与阅读文化爱好者参与学术讨论。2011年4月28日，古里镇人民政府举办第二届"书香古里"阅读节暨海峡两岸铁琴铜剑楼藏书文化论坛。目前，铁琴铜剑楼在申报全国重点文物保护单位。

（2）翁同龢纪念馆，即翁氏故居綵衣堂，位于常熟古城区南部"翁家巷门"2号，系清体仁阁大学士翁心存故居大厅。1982年3月公布为省级文物保护单位，1985年，由国家文物局拨款2万元加以修葺。1990年，翁氏后人翁万戈将翁氏故居捐献给国家。1991年11月，常熟市人民政府将翁氏故居立为翁同龢纪念馆并正式对外开放。1996年12月25日，"綵衣堂"被列为第四批全国重点文物保护单位。常熟市人民政府先后于1989

年、2000年分一、二期工程，对翁氏故居实施全面整修。其中，一期工程，对翁氏故居对原主轴线上的三进房屋进行修缮，同时修复了附属建筑轿厅、玉兰轩、书楼等。二期工程，对翁氏故居所有建筑整体修缮，搬迁数十户居民，修复了主轴线上第三进"綵衣堂"以北的四进建筑，修复了西轴线晋阳书屋、思永堂、书楼、柏古轩、明厅、厨房等建筑，恢复翁氏故居的原貌。二期工程于2002年2月8日正式竣工后，翁同龢纪念馆整体对外开放。其中，知止斋，三开间小楼，楼上为翁氏藏书之所，楼下为翁氏读书之用。2011年6月11日第六个中国文化遗产日，常熟状元历史陈列馆开馆。

（3）赵氏"脉望馆"，其主人为赵用贤子赵琦美（1563—1624），与严澂（1547—1625）为同时代人。明嘉靖三十二年（1553），常熟知县王鈇为御倭计，将常熟城址西移，扩筑新城。赵用贤移居城西九万圩西泾岸百叶街，后改名为南赵弄，或称南赵家弄。赵用贤去世后，其子赵琦美在其父所建南赵弄宅内增建"脉望馆"。赵琦美收藏图书近5000种、20000余册，所刊书达36种126卷，并抄校了大量秘本。其中，赵琦美抄校辑集的元明两代稀见杂剧剧本《古今杂剧》，今存国库，被誉为研究我国戏剧史的宝库。赵用贤宅是最为典型的明代建筑，东南大学等高等院校的建筑院系将其作为古建筑的典型案例进行考察、研究。赵用贤宅脉望馆经整体修缮，2006 年申报列为第六批全国重点文物保护单位，作为中国现存最古老的私家藏书楼之一，被称为中国私家藏书楼的"活化石"。脉望馆修复后内设中国第一个古琴艺术馆，国家文物局局长单齐翔称赞此为"物质和非物质文化遗产的完美结合"。

常熟铁琴铜剑楼、翁同龢纪念馆、脉望馆藏书文化遗产保护和利用情况说明，藏书文化遗产保护并为当今社会合理利用是可以实现的。随着工业化社会的到来，城镇更新与文化传承已成为世界各国的城市共同面临的一大问题，而城镇历史街区改造，是应该而且能够保留城镇的物质、精神文脉的。在科学发展的新阶段，需要突出强调研究保护传承利用优秀文化，使传统文化与现代文明有机结合，为现代经济发展服务，为现代人的精神需求服务，并由此彰显城市个性，提升城市品位，增强城市的竞争力和影响力。

我们撰写本书，目的是宣传常熟特色文化，扩大常熟文化的影响力，常熟文化是在中华文化史上产生重大影响的特色文化，大力宣传普及常熟文化，必将对当代常熟文化建设产生重大而深远的影响，从而增强中华文化创造活力，建设面向现代化、面向世界、面向未来的，民族的科学的大众的社会主义新文化，为建设社会主义文化强国打下更加坚实的基础，实现中华民族文化复兴的伟大目标；增强常熟文化的认同感，文化认同是一种群体文化认同的感觉，是一种个体被群体的文化影响的感觉，对常熟文化，乃至中华文化认同，是中华民族文化大厦最深层的文化基石，只有增强对虞山文化，乃至中华文化的认同，才能坚定中国特色社会主义文化的自信，凝心聚力，坚持走中国特色社会主义文化发展道路；促进常熟文化的大发展，繁荣与发展常熟文化需要社会各界的支持和配合，充分发挥市民群众在文化建设中的主体作用，需要通过常熟文化宣传与普及教育，进一步提升市民科学文化素质和文化建设能力，形成人人参与建设的局面。

我们撰写本书，意在传承与发展常熟藏书文化。常熟藏书文化的当代传承与发展，就涉及整个社会、每一个家庭、家庭的每个成员。中共十八大报告把"开展全民阅读活动"① 列为未来我国全面建成小康社会的美好蓝图。全民阅读的关键在家庭阅读，建设书香社会、书香城市，核心在建设书香家庭。"积书而读，丹铅治学"的中国古代私家藏书优良传统，耕读传家、诗书继世的中国家庭阅读传统是当今社会需要传承与发展的。只有每个家庭人人自觉参与藏书、读书，才能聚合成中华民族崇尚阅读的社会风气，建成书香社会。一个家庭，书

---

① 胡锦涛：《坚定不移沿着中国特色社会主义道路前进 为全面建成小康社会而奋斗——在中国共产党第十八次全国代表大会上的报告》，《人民日报》2012年11月18日，第1版。

香充盈，必定温馨美好；一个城市，书香充盈，必然和谐安宁；一个国家，书香充盈，必将繁荣昌盛！同时，人人自觉参与书香家庭建设，是落实十八大报告提出的"推进公民道德建设工程"的重要内容。人人自觉参与书香家庭建设就能达到十八大报告提出的"社会核心价值体系深入人心，公民文明素质和社会文明素质明显提高"的目标。家庭美德的培育确是塑造自尊自信、理性平和、积极向上的社会心态，打牢社会主义核心价值体系的群众基础的重要途径。阅读能修养身心、培养品质、陶冶情操、净化心灵。书香家庭对家庭美德的培养产生重要的作用，并引领社会思潮，凝聚社会共识，增强社会个体的道德判断力和道德荣誉感，自觉履行法定义务、社会责任、家庭责任，在全社会形成十八大报告提出的"培育知荣辱、讲正气、作奉献、促和谐的良好风尚"，从而对提高公民素质、塑造人文精神、推动社会主义核心价值体系建设，起着积极效应，发挥正能量作用，使社会主义核心价值观成为全民的共同价值追求。

弘扬优秀传统藏书文化，促进全民阅读，已经成为国家战略。正如邬书林所说："党的十八大报告明确提出要开展全民阅读活动，充分体现了中央对这项文化民生工程的高度重视。深入开展全民阅读，对于推进社会主义核心价值体系建设，提高国民的科学文化素质和思想道德素质，推动社会主义文化强国建设，具有重要意义。"①阅读与人类文明紧密相连，事关积累、传播和创造。阅读与民族文化密切相关，事关认同、传承与创新，阅读能力的高低直接影响到一个国家和民族的未来。全民阅读也是实现中国梦的根本途径。从阅读的本质看，阅读是人类社会的一种重要的活动，是读者从文献中获得并运用信息、知识的社会实践活动、生理过程和心理过程。书籍是人类进步的阶梯。有效阅读是对个人来讲，是提高个人素质的根本途径。阅读不只是个人修身养性的小事情，而是关系到提高民族核心竞争力、提高国家软实力和综合国力的大事情。正如来新夏所指出的："藏书文化是一个社会文化现象，标志着社会文明的高低，也是个人素养的体现。一个社会如果没有书，就等于失去了灵魂。"当代弘扬优秀传统藏书文化的意义在于实现"当代藏书'淑世'和'润身'的两大功用"，"两大功用中，前者指藏书使得社会变得更加美好，提升社会文明程度，后者则指其滋润人的心灵和灵魂的潜在力量。人的一生有很多美好积极的元素需要张扬，而读书、爱书、藏书无疑是这种美好积极元素的重要组成部分。"②中共十八大以来，习近平总书记提出实

---

① 吴娜：《全民阅读：我们期待的国家战略》，《光明日报》2013 年 3 月 9 日，第 8 版。

② 陈菁霞：《私家藏书：传承和推动文化发展功不可没》，《中华读书报》2010 年 9 月 1 日，第 1 版。

现中华民族伟大复兴的中国梦，道出了亿万中华儿女的心声，具有强大的凝聚力感召力。中国梦是你的梦、我的梦、大家的梦，是13亿人共同的梦，每一个中华儿女都是"梦之队"的一员，都是中国梦的参与者、书写者，都要为实现中国梦贡献智慧和力量。实现中国梦靠奋斗，奋斗是成就事业的基石，唯有奋斗才能踏进梦想之门，如果纸上谈兵而不真抓实干，再美好的梦想也不可能成真。奋斗靠智慧和勇敢，通过有效阅读提高个人素质、提高民族核心竞争力，这毫无疑问也是实现中国梦的根本途径。阅读影响"梦之队"成员的素质，也影响到国家和民族的未来。因此，弘扬优秀传统藏书文化十分重要和迫切。

宣传普及常熟特色文化需要编写教育读本，我们撰写本书是编写宣传普及常熟藏书文化教育读本的初次尝试，我们诚望更多的教育读本，让优秀的常熟文化走出去、传下来。

后　记

常熟明清以来是中国私家藏书中心地，藏书家、藏书楼数量多，影响大。常熟地方志对常熟藏书家及其藏书史料较早地作了记述，《常昭合志》第一次在地方志中将藏书家单独立传，这是史无前例的。《重修常昭合志》也继承传统，附设藏书家传。这是藏书之乡的史志特色，对以后辑录编著的众多区域藏书家传记资料集、藏书史著作无疑起到了推动作用。

常熟市地方志编纂委员会编《常熟市志》（上海人民出版社 1990 年 11 月版）为第一部新编常熟市志，设有"藏书著述"编。后来，常熟市地方志编纂委员会编《常熟市志》修订本（上海辞书出版社 2006 年 7 月版），对第二十二编"藏书著述"作修订，由曹培根负责修订第二十二编第一至第四章第一节，李烨负责修订第二十二编第四章第二节，许多学者献计献策，第二十二编共作 1000 余处（条）修订，增加篇幅 3 万余字。尽管如此，限于篇幅和志书体例，对常熟藏书历史的系统展示是很不够的。

世纪之交新一轮藏书文化研究热潮掀起，一批大小专题和区域藏书研究成果陆续出版，反映出中国藏书文化研究进一步向纵深发展。但是，中国藏书文化典型区域常熟藏书文化研究至今还缺乏一部全面系统的理论研究专著，虽然已有常熟藏书研究论文和藏书家、藏书楼研究文献集、资料汇编、专书，而现有成果或为常熟私家藏书名录性质，或多一人一楼个体评介，不够系统全面。2010 年 9 月，曹培根主持的《常熟藏书文化研究》（10LSC010）列为 2010 年度江苏省社会科学基金项目，2013 年 7 月完成结项（证号 1465），阶段性成果《虞山藏书流派》收入《虞山文化流派》广陵书社 2013 年 12 月出版。《虞山文化流派》获 2014 年江苏省第十三届哲学社会科学优秀成果奖，虞山藏书流派广为社会关注，越来越有必要编纂出版一部常熟藏书史，以弘扬常熟传统藏书文化。

正是在这样的背景下，2014 年 7 月 3 日下午，常熟图书馆李向东馆长与曹培根商量编纂一部常熟藏书史，由曹培根设计纲目，约请专家撰写。7 月 30 日下午，常熟藏书史编纂工作会议在常熟图书馆召开，会议明确撰写任务，曹培根撰写绪论、第四章第一节至第三节、第五章、第六章、余论；李烨撰写第一章、第二章；朱新华撰写第三章；苏醒、付凤娟、曹培根撰写第四章第四节。经过撰写者近 10 个月的编纂，由曹培根、李向东修改、定稿，《常熟藏书史》终于完成。现在，《常熟藏书史》在常熟图书馆百年之际列为常熟图书馆史志丛书出版，很有意义。

本书撰写者在撰写过程中，参考了现有研究成果，在全书各章之末著录了参考文献。在此，敬向本书参考文献的著者和编者致谢。因撰写者学识所限，所纂第一部《常熟藏书史》定然存在疏漏之处，请专家、读者批评指正。

最后，还要感谢中国图书馆学会副理事长、上海图书馆馆长、上海科技情报研究所所长吴建中先生为本书撰序，给予本书充分肯定；感谢北京大学信息管理系博士生导师王余光教授、南京大学信息管理系徐雁教授、上海图书馆王宗义研究馆员、古吴轩出版社原副总编辑王稼句先生、苏州图书馆原馆长邱冠华先生等帮助审稿，并提出重要修改意见；感谢江苏教育出版社责任编辑王建军先生精心编审此书，对来自常熟图书馆和社会各界的支持和帮助在此一并表示衷心感谢！

2015 年 7 月 12 日

《常熟图书馆史》前言、导论、后记

前言——百尺竿头　更进一步

　　民国四年农历九月初九重阳节，公历 1915 年 10 月 17 日，常熟县立图书馆成立，至今百年。

　　一个百年的县级图书馆，办在吴文化的核心区域、国家历史文化名城常熟市；常熟县立图书馆由清代后期四大著名藏书楼之一常熟铁琴铜剑楼承前启后的重要传承人瞿启甲筹办并担任第一任图书馆馆长。常熟文化底蕴深厚，处于苏南经济发达地区以"土壤膏沃，岁无水旱"得名，改革开放以来，常熟一直处在中国百强县第一方阵。天时、地利、人和，使得常熟创办的图书馆起步点高，发展水准高。可以说，常熟图书馆是中国县级图书馆的典型，常熟图书馆百年走过的路也是中国图书馆事业百年的缩影。因此，常熟图书馆百年发展史的研究就有着中国图书馆事业百年史之典型研究的特殊意义。

　　我们撰写《常熟图书馆史》，在丈量常熟图书馆百年发展的长度和宽度的过程中，深深地感受到常熟图书馆百年的成长历程实属不易，并为常熟图书馆百年取得的成就深深感动着，这是因为常熟图书馆在百年之中可点赞的确实很多很多。

第一，最可爱、最美的常熟图书馆馆长瞿启甲。瞿启甲带头捐书倡设公立图书馆，任筹办图书馆主任、首任馆长，并捐赠家藏图书。按当时常熟县府的规定，图书馆馆长每月应得车马费大洋 10 元，可是瞿启甲在任内分文未受。特别是，瞿启甲任馆长期间将铁琴铜剑楼丰富的藏书措理之术转换为公共图书馆的管理之策。瞿启甲任馆长后即拟定《常熟县立图书馆简章》四章三十一条以规范公共图书馆的工作；他编成《常熟县图书馆书目》，规范分类和著录，并缮写三份存放在馆长处、藏书室和阅览室；他负责建造新馆，该址现为常熟市文物保护单位；他离任后继续为图书馆购书、捐书等，民国二十六年（1937）7 月，还撰并书《重建常熟县立图书馆记》。

第二，常熟私人藏书家为化私为公捐书国家。常熟图书馆馆藏丰富，特别是常熟图书馆以收藏 20 余万册质量较高的古籍著称，列全国县级图书馆之首，有 283 种、2748 册古籍收入《中国古籍善本书目》，53 部古籍入选《国家珍贵古籍名录》，78 部古籍入选《江苏省珍贵古籍名录》。海纳百川的常熟图书馆，其馆藏精品涓涓细流大多来自常熟私人藏书家的捐赠。常熟本是藏书之乡，藏书源远流长，代有藏书，历代藏书家、藏书楼数量多，藏书质量高。特别是，明代末年以来出现了以钱谦益为代表的具有辐射和影响力的虞山藏书流派，常熟成为中国的私家藏书中心地。常熟固有的藏书文化特色与以常熟藏书家大量捐献图书为基础创办起来的图书馆一开始就给常熟图书馆融入了常熟本土书文化的本色基调。常熟图书馆创办之初，邑中瞿启甲、徐兆玮、张鸿、丁祖荫、王兆麟、潘士谔、丁国钧、邵松年等纷纷将家藏图书捐赠图书馆。新中国成立之初，常熟图书馆又迎来自瞿启甲筹办常熟县图书馆时社会各界大量捐赠藏书之后第二次大规模接收私人捐献藏书，先后接收私人藏书家捐献的图书 47958 册、杂志 16257 本、报纸合订本 677 册。常熟藏书家捐赠国家的大量藏书精品，还保存在国家图书馆等处。我们理应为常熟私人藏书家先辈们树碑立传，以表崇敬之意。

第三，常熟图书馆馆员在抗战八年间和"文化大革命"十年间，精心护书，使常熟图书馆馆藏精品不受损失，事迹感人，可歌可泣。抗战前，常熟县立图书馆长陈旭轮将图书馆藏书全部捆装成箱，寄存于张鸿五弟张美叔家，使图书馆藏书无一损失。常熟沦陷后，驻常日宪兵队经常到图书馆盘问，日军宪兵队时或拔出倭刀声行威胁。常熟图书馆馆员智斗敌伪，商量保存图书馆甲库内线装古籍的应付策略，千方百计保护馆中藏书尤其是大量古籍不使损失。十年"文化大革命"给党、国家和各族人民带来严重的灾难，中国的图书馆事业遭受到空前的浩劫和摧残。"文化大革命"中，常熟图书馆馆员智护古籍。当时，常熟图书馆素以库藏古籍图书著称，成为"红卫兵"运动"破四旧"的首选目标。常熟图书馆馆员及时集思广益商量对策，以常熟图书馆革命群众组织"红色战斗队"出面，用封条将古籍部全部门窗封闭，并发表"革命通告"张贴入口要道，通告明确图书馆"红色战斗队"已经采取革命行动全部封存古籍。等到常熟大批"红卫兵"蜂拥而来时，见常熟图书馆内革命群众已经行动，声称"相信群众，由他们自己处理"，大批"红卫兵"就离馆而去。倘若常熟图书馆馆员应付不力，让"红卫兵"运动"破四旧"得逞，常熟图书馆历代古籍图书将付之一炬。常熟图书馆馆员机智果断，应付得法，为保护文化遗产作出了巨大贡献。

第四，改革开放以来，常熟图书馆不断改革创新，创出诸多新成就。

首先是常熟市委、市政府将图书馆发展纳入全市经济社会、文化事业发展规划，加大对图书馆的投入，重视发挥图书馆在常熟经济社会发展和文化强市建设中的重要作用。其间，常熟图书馆馆舍不断更新完善，特别是常熟城区石梅广场书院街 1 号的常熟市图书馆新馆，曾列为常熟市委、常熟市政府为民办实事项目实施，新馆成为当代常熟一个新景点。

其次是常熟图书馆人弘扬常熟改革开放以来实践的"碧溪之路"千方百计、千山万水、千言万语谋发展的"三千三万"精神，也就是解放思想、实事求是，敢于创新、勇于实践的当代常熟精神，在诸多方面实践创出新成果，成为"常图经验"。例如，常熟图书馆从推进基层图书室建设，到乡镇、条线图书馆分馆及服务点建设，最终文献服务一体化目标，缩短了图书馆与全书乡村百姓，特别是农村广大农民最后一公里距离；常熟图书馆开展从读者辅导，到开设文献展览、市民课堂，最终实现图书馆教育功能的提升，深受民众关注和欢迎；常熟图书馆从信息服务，到数字图书馆建设，最终实现信息资源共享；常熟图书馆从实施知识工程，到组织读书活动，最终实现阅读推广目标建设书香城市；常熟图书馆从整理古籍，到古籍保护、地方文献建设与文献编研，最终实现出文献整理与研究成果，包括整理《历代名人咏常熟》《常熟藏书印鉴录》《铁琴铜剑楼题咏》、国家清史编辑委员会文献整理重点项目《徐兆玮日记》《徐兆玮杂著七种》，编印《常熟图书馆古籍善本图录》，编纂《常熟图书馆史》《常熟图书馆志》《常熟藏书史》等。常熟图书馆还率先在县级图书馆推广使用《中国图书馆图书分类法》第三版，1991 年 6 月 25 日—29 日，常熟图书馆承办全国《中图法》(第三版)使用经验交流会；常熟图书馆以改革创新举措受到上级主管部门重视，1999年4月27日至29日，承办了改革开放20年——中国图书馆事业高层论坛；常熟图书馆自1994年起，接受文化部组织的在县以上公共图书馆评估定级工作，连续获得被文化部命名为一级馆。

常熟图书馆百年新起点，服务民生工作永远在路上。百尺竿头更进一步，我们有理由相信，并衷心祝愿常熟图书馆将在新起点继续奋发有为，为谱写"中国梦"的常熟新篇章而作出新的贡献！

2015年1月25日

导　论

常熟明清以来是中国的私家藏书中心地，常熟私家藏书对公共图书馆事业作出了历史性的巨大贡献。常熟图书馆百年经历了曲折发展的历史，是中国图书馆百年历史的缩影，也是中华民族和国家百年历史的缩影。一代代图书馆人艰苦创业，民国时期努力求得图书馆的生成，中华人民共和国成立后，特别是改革开放以来努力求得图书馆的发展，不断取得新的成就。

一、常熟私家藏书对公共图书馆事业的贡献

常熟私家藏书在读书藏书风气的形成、开放藏书情

怀的影响和区域文化中心的基础方面为公共图书馆的建立营造了良好的书香环境；常熟私人藏书家递藏珍贵书籍，捐赠私藏书籍，为公共图书馆的建立输送了珍贵的书籍资源；常熟私家藏书理论的传承和藏书技术的传授，为公共图书馆的建立提供了丰富的管理知识。

通常把中国特色的古代私人藏书家、藏书楼视作是与现代公共图书馆异质的文化，然而，大量事实证明，中国古代私人藏书家、藏书楼对公共图书馆事业作出了巨大的贡献。在公共图书馆发展的同时，私家藏书的传统仍为当代人所继承和发扬，国运昌盛，藏富于民，像海绵吸水，资源无穷，私人藏书家、藏书楼直至今日没有消亡，远远没有结束其传承文化的使命。我们以常熟私家藏书对公共图书馆事业的贡献为例，从一个区域的侧面来阐述中国私人藏书家、藏书楼为公共图书馆的建立营造了良好的书香环境，输送了珍贵的书籍资源，提供了丰富的管理知识。

1. 常熟私家藏书为公共图书馆的建立营造了良好的书香环境

常熟私家藏书远有端绪，绵延不绝，代不乏人，传承有绪，特色鲜明。据范凤书统计[1]，常熟藏书家的数

----

① 范凤书：《中国私家藏书概述》，见：虞浩旭主编：《天一阁论丛》，宁波出版社1996年11月版，第259—282页。

量仅次于苏州和杭州，在县级市中无疑当列为第一。特别是，明清以来常熟成为中国私家藏书的中心地之一，被誉为藏书之乡、藏书圣地。随着中国近代图书馆的出现，虽然许多私人藏书楼宝藏的文献渐以各种不同的方式汇入了新的文献集藏机构，但是私家藏书文化传统，特别是藏读精神、开放思想至今为公共图书馆所继承和发扬。公共图书馆建立和发展的根本目的是通过文献保障和有效服务来满足民众不断增长的阅读需求，而常熟私家藏书为公共图书馆的建立营造了良好的书香环境。

（1）读书藏书风气的形成

"积书而读，丹铅治学"是中国古代私家藏书的优良传统，藏书兴则读书盛，文脉传。常熟私人藏书家都是勤奋好学者，是读书者之藏书。脉望馆赵用贤、琦美父子喜藏书，精校勘，开常熟藏书家藏书、校勘之风。钱谦益在《列朝诗集小传》中称赵用贤"强学好问，老而弥笃，午夜摊书，夹巨烛，窗户洞然，每至达旦"，其子琦美"朱黄雠求，移日分夜，究老尽气，好之之笃挚，与读之之专勤，盖近古所未有也。"钱谦益是读书者之藏书的典型代表，曹溶《绛云楼书目题词》记钱谦益"每及一书，能言旧刻若何，新板若何，中间差别几何，验之纤悉不爽，盖于书无所不读"。钱曾重视对藏书的校理，终身苦读勤藏，《也是园书目》《述古堂书目》和《读书敏求记》载录了其校勘成果。毛晋曾师从钱谦益，钱谦益称毛晋故于经史全史勘雠流布，务使学者穷其源流，审其津涉。毛晋子毛扆承其家学，为搜辑古椠本，考订讨论，正世本之失。常熟藏书家多世传家学，代增藏书，宗族、家族藏书越聚越多。族姓、家庭内部的文化传统、家学渊源，使藏书纵向传递；族姓外部异姓间联姻、师承、结友等关系，使藏书横向联络，纵横交错的传书网，环环紧扣。因此，藏书流派愈接愈盛，藏书家们所藏之书往往此散彼聚，在一定的区域范围内保留相当独特的格局。钱谦益的好古收藏，继承了宋以来藏书家的藏书传统，作为一代文坛领袖他又影响了其族孙钱曾、学生毛晋，以及一批追随仰慕他的文人学子，如此越传越广。钱谦益曾得到脉望馆赵氏等多家藏书，其绛云楼焚余之书又归诸钱曾，钱曾的藏书又为其后常熟及周边的其他藏书家所递藏，并纷纷效仿，以之为范式，继承收藏传统，久而不散，形成别具一格的收藏风格和模式。常熟藏书读书直至今日自为一方风气，就是常熟私家藏书的文化生态延续。

（2）开放藏书情怀的影响

常熟藏书家是开放者之藏书，藏书致用、流通古籍的思想占主导地位，他们通过编印家藏书目来传播藏书信息，或以刻书为己任来广传秘籍，或提供借用以共享私藏。脉望馆赵氏父子通过精校刊刻、编目撰跋、提供阅抄等途径交流私藏。钱谦益在绛云楼失火后，将焚余之书悉数赠予钱曾，并在《牧斋有学集·李贯之先生墓志铭》中颂扬李如一"天下好书，当天下人共之"的藏书开放思想。毛晋"缩衣节食，遑遑然以刊书为急务"，吴伟业《汲古阁歌》赞扬他"君获其书好示人，鸡林巨贾争摹印。"张海鹏以毛氏汲古阁为榜样，"以剞劂古书为己任"，提出"藏书不如读书，读书不如刻书，读书只以为己，刻书可以泽人。"张金吾抱着"乐与人共，有叩必应"的态度公开私藏。铁琴铜剑楼瞿氏更是公开其藏书，供读书人前往浏览、校勘、转抄、参观，使藏书发挥作用，还编印《铁琴铜剑楼宋金元本书影》《铁琴铜剑楼藏书目录》《铁琴铜剑楼题跋集录》及撰跋以飨海内外人士，提供所藏善本影印入《四部丛刊》《续古逸丛书》，新中国成立后又将私家藏书捐献国家。

（3）区域文化中心的基础

私家藏书本是综合性的学术文化活动，而常熟的藏书家多开放藏书，许多藏书楼，特别是常熟瞿氏铁琴铜剑楼、赵氏旧山楼等成为区域学术文化中心，藏书家们以藏书楼会友，在一起雅集倡和，或讲学交流、编目著述、鉴赏藏品等。例如，赵氏旧山楼，其主人赵宗德和赵宗建兄弟十分好客，当时的旧山楼为文人雅集之所，常熟一地的学术文化中心。翁同龢有著名的"旧山楼论书"，见诸《翁同龢日记》等文献记载。时在同治十一年（1872），四月二十一日，翁同龢与兄同爵扶母枢南下，在籍丁忧，常去赵氏旧山楼。翁同龢、赵宗德、赵宗建及常熟周边地方的文人杨沂孙、杨泗孙、庞钟璐、庞鸿书、吴鸿纶、钱漱青、季士周、李升兰、曾伯伟、潘欲仁、翁同祜、常熟三峰寺僧芍龛等八月和十二月在旧山楼两次雅集，谈艺论学，交流书艺，传播书画研习成果。又如，瞿氏铁琴铜剑楼在藏书开放的过程中，与当时众多的人物交往。许多学者到铁琴铜剑楼访书交流、登楼阅览、借阅抄录等，铁琴铜剑楼私家藏书提供社会利用，实现了公共图书馆的部分功效，铁琴铜剑楼发挥了区域学术文化交流中心的重要作用。与此同时，铁琴铜剑楼瞿氏也是在通过与博学多艺的藏书大家的广泛联系中，不断提升藏校书措理技术水平，藏书家们通过互通有无，互抄互校，不断完善藏书系统。

2. 常熟私家藏书为公共图书馆的建立输送了珍贵的书籍资源

中国古代私人藏书家、藏书楼对中华典籍的积累、保存、整理、再造和传播贡献甚大，对促进文化教育和学术研究发挥了重大的作用，成为官藏和其他藏书系统的重要补充，甚至发挥了不可替代的作用。流传至今的中华典籍，大多数是经过历代私人藏书家递藏的。常熟私人藏书家为公共图书馆的建立输送了珍贵的书籍资源。

（1）常熟私人藏书家递藏珍贵书籍

常熟藏书家、藏书楼的收藏质量高。赵氏脉望馆所藏《古今杂剧》242 种，被誉为研究我国戏剧史的大宝库，郑振铎称之为"仅次于敦煌石室与西陲的汉简的出世的"。①

钱谦益的绛云楼光是收藏的宋刻书就多达数万卷，曹溶在《绛云楼书目题词》中称钱氏藏书"所积充牣，几埒内府"，有"大椟七十有三"。《牧斋遗事》记："大江以南，藏书之富无过于钱。"钱曾接受了绛云楼焚余之书，藏书多至 4180 余部。张金吾的爱日精庐藏书达 10.4 万卷，且多宋元秘本、孤本。陈揆的稽瑞楼所藏不下 10 余万卷，多罕见之本。瞿氏铁琴铜剑楼被誉为清四大藏书家之翘楚，其藏书质量公认最古最善。翁同龢藏书被列为晚清九大藏书之一，收藏了许多珍稀古籍善本书。常熟藏书家开崇尚宋元版之风，所藏宋元本特多，如今传存和入藏国库的宋元本，大多经虞山派藏书家递藏。仅瞿氏铁琴铜剑楼捐赠北京图书馆并载入《北京图书馆善本书目》的达 242 种 2501 册。李致忠《宋版书叙录》著录北京图书馆宋版书 60 种，其中 31 种经常熟藏书家递藏过，可见藏书质量之一斑。

（2）常熟私人藏书家捐赠私藏书籍

民国四年（1915），常熟创设图书馆。创办之初，

---

① 郑振铎：《跋脉望馆抄校本古今杂剧》，见：郑振铎：《西谛书话》，三联书店 1983 年 10 月版，第 322 页。

常熟图书馆的藏书多由常熟私人藏书家捐赠。瞿启甲筹办图书馆时，请徐兆玮撰写成《图书馆征书启》，动员社会各界捐赠书籍。徐兆玮《剑心簃日记》载："九月六日，乙卯七月二十七日，晴。与任阳闵柏华一函，托其调查。与白茆李馨山、李星五书，托其将已调查者填表，明日面取。《图书馆征书启》：'江左固图书渊薮也。南雍书版实沿宋椠，清代纂四库书，分建三阁，而扬州、镇江巍然并峙，其世家巨族以藏庋相高者尤指不胜屈焉。自咸同之际，迭遭兵燹，简策稍散亡矣，耆献无征，国学日替，不殖将落，昔贤所叹。夫学术者，天下之公器也，欲以学术公之于世，而不以自私，则东西各邦图书馆之制，洵无有善于此者矣。爰是金陵首倡，吴会继起，下而南通、无锡咸建阁庋书，以备学士大夫之博览。吾邑以绌于财力，去岁始议创设，经营数阅月，略备图藉数千册而已，固知不足餍学子之心目也。大雅宏达之彦，有愿出其家藏秘书珍笈公之于世者，当题名于壁，以志勿谖，或寄存善本，以供阅者之寻绎者，亦当什袭宝藏，以尽职守。他日聚书既多，能收昌明国学，启发新知之效，功施一州一邑，而其泽广被天下，则诸君子之所以嘉惠多士者良非鲜也。'"[1]

① 徐兆玮著，李向东等点校：《徐兆玮日记》，黄山书社 2013 年 9 月版，第 1578 页。

瞿启甲以身作则，慨然以铁琴铜剑楼藏书《十三经注疏》（汲古阁刻本）、《四书集注》（汲古阁刻本）、《五百家播芳大全》（瞿氏传抄本）、《翰苑新书正续》（瞿氏传抄本）、《千金方》（仿宋刻本）、《千金翼方》（仿元刻本）等珍本捐赠常熟县立图书馆。于是，邑中徐兆玮、张鸿、丁祖荫、王兆麟、潘士谔、丁国钧、邵松年等纷纷将家藏图书捐赠图书馆。其中，徐兆玮捐赠图书馆书中还有 100 种为日文书。瞿启甲又组织人员抄录其铁琴铜剑楼收藏的地方文献《瞿氏家乘》《唐墅志》《里睦小志》《常熟儒学志》《钓渚小志》等。常熟藏书家提供不少书籍供图书馆借抄。新中国成立之初，常熟图书馆又迎来自瞿启甲筹办常熟县图书馆时社会各界大量捐赠藏书之后第二次大规模接收私人捐献藏书，先后接收捐献的共有图书 47958 册，杂志 16257 本，报纸合订本 677 册。不仅仅常熟图书馆接受常熟私人藏书家的捐献以丰富馆藏，常熟藏书家捐赠国家的大量藏书精品，还保存在国家图书馆等处。

3. 常熟私家藏书为公共图书馆的建立提供了丰富的管理知识

常熟藏书家重视藏书理论的总结推广，常熟县立图书馆由清代后期四大著名藏书楼之一常熟铁琴铜剑楼承前启后的重要传承人瞿启甲筹办并担任第一任图书馆馆长，他以铁琴铜剑楼丰富的藏书措理之术转换为公共图书馆的管理之策。

（1）常熟私家藏书理论的传承

常熟藏书家的藏书理论，主要体现在常熟藏书家藏书理论代表作孙从添的《藏书纪要》里，以及散见于常熟藏书家的藏书目录、藏书题跋及其文章中，其内容非常丰富。常熟藏书家以其藏书理论奠定了常熟私家藏书在中国藏书史上的地位。从钱曾《读书敏求记》所引赵琦美语，可见赵琦美已开始对藏书理论进行总结。后来，孙从添的《藏书纪要》成为虞山派藏书理论的代表作。孙从添的《藏书纪要》是在积累藏书经验、总结常熟藏书诸家治书方法基础上，应同邑藏书家之请而撰成的，同好评为"甚详且备"。孙从添在自序中说："余无他好，而中于书癖。家藏卷帙不下万卷，虽极贫，不忍弃去。然圣贤之道非此不能考证，数年以来，或持橐以载所见，或携箧以志所闻，念兹在兹，几成一老蠹鱼矣。同志欲标其要，窃不自量，记为八则。"①

"八则"为购求、鉴别、钞录、校雠、装订、编目、收藏、曝书，每则均有详尽的论述，全书旨在为同道传播常熟藏书家在长期实践中积累的藏书经验和技术。《藏书纪要》系统地总结了常熟藏书家的藏书工作经验和方

---

① 孙庆增：《藏书纪要》，见：徐雁，王燕均主编：《中国历史藏书论著读本》，四川大学出版社1990年7月版，第516—545页。

法，对后来的私人藏书家产生了重大的影响，也对现代中国的图书馆发生着影响。正如谭卓垣（1900—1956）在《清代藏书楼发展史》里所说："《藏书纪要》是整个十九世纪唯一的一部向私人藏书家交代藏书技术的参考书。令人惊奇的是，他所提出的意见一向为藏书家们谨守不渝，直至今日还对现代中国的图书馆发生着影响。许多编纂珍本书目的术语都出自该书，更不用说后人以此书的意见为鉴别宋元版本的标准了。虽然在最近几十年里，出版了不少关于图书馆科学的著作，但是旨在指导私人藏书家工作的专著却未问世。假如今后还没有著述来取代《藏书纪要》的地位，那么中国的藏书家们还将在各方面仰仗于它。"①

（2）常熟私家藏书技术的传授

中国近代在仁人志士强国梦和西学东渐的影响下，全国各地纷纷创办公共图书馆。清宣统元年（1909），清学部奏请筹建京师图书馆；次年（1910），京师图书馆诞生。同年，清廷颁布《京师及各省图书馆通行章程》，明确规定，"图书馆之设，所以保存国粹，造就通才，以备硕学专家研究学艺、学生士子检阅考证之用，以广征博采，供人浏览为宗旨"。1915年，北洋政府颁

---

① 谭卓垣著，徐雁译，谭华军校：《清代藏书楼发展史》，辽宁人民出版社1988年6月版，第46—47页。

布《图书馆规程》《通俗图书馆规程》，促进了各省市图书馆和通俗图书馆的建设。据 1916 年教育部公报公布全国共有图书馆 260 所，其中以独立图书馆命名的 22 所，以通俗图书馆命名的 238 所。常熟图书馆就是其中之一。筹办常熟县图书馆，时在民国三年（1914），由常熟藏书家丁祖荫、徐兆玮、张鸿、瞿启甲、曾朴、宗舜年等提出筹办倡议。至民国四年（1915）3 月 11 日，常熟县公署批准创设图书馆，瞿启甲任为筹办图书馆主任。10 月 17 日，农历九月初九重阳节，常熟县立图书馆成立，有主要为常熟藏书家捐赠的藏书 1269 种，68156 卷，22017 册。

特别是，瞿启甲任馆长期间将铁琴铜剑楼丰富的藏书措理之术转换为公共图书馆的管理之策。瞿启甲任馆长后即拟定《常熟县立图书馆简章》四章三十一条以规范公共图书馆的工作；他编成《常熟县图书馆书目》，规范分类和著录，并缮写三份存放在馆长处、藏书室和阅览室；他负责建造新馆，该址现为常熟市文物保护单位；他离任后继续为图书馆购书、捐书，民国二十六年（1937）7 月，还撰并书《重建常熟县立图书馆记》。①

---

① 王余光主编，范凡、王媛、张慧丽、王丽丽辑录：《清末民国图书馆史料汇编·常熟县图书馆报告册》，国家图书馆出版社 2014 年 3 月版；常熟市图书馆编史小组编：《常熟市图书馆馆史》，常熟市图书馆内部铅印本 1984 年 10 月版。

瞿启甲之后，常熟图书馆后任馆长中不少是有影响的藏书家。如1921年7月至1923年8月任馆长的张鸿、1923年11月至1924年1月任馆长的宗舜年、1924年1月至1927年9月任馆长的王兆麟等。所以，常熟图书馆的管理融入了常熟私家藏书的经验和技术。

"图书馆"一词，在中国或许是个外来名词，然而，对常熟图书馆来说，"图书馆"一词如同新瓶装旧酒，质地恰是本土的。常熟固有的藏书文化特色与以常熟藏书家大量捐献图书为基础创办起来的图书馆一开始就给常熟图书馆融入了常熟本土藏书文化的本色基调。

二、常熟图书馆不断探索创新

常熟图书馆从创办、艰难起步，发展到现在以富藏古籍，列全国县市图书馆之翘楚，馆藏古籍20余万册中，有69部古籍列入《国家珍贵古籍名录》，有97部古籍列入《江苏省古籍珍贵古籍名录》，作为全国唯一的县级图书馆，被国务院、文化部公布为首批全国古籍重点保护单位；在全国公共图书馆评估定级工作中，常熟图书馆又连续五次通过国家一级馆评估。

1. 馆舍条件不断改善

民国四年（1915）筹办图书馆时，租借石梅钱泮祠堂楼房为临时馆舍。

民国六年（1917），在城区西门内道前街旧储粮道署旧址建馆，有楼房7幢、平房6间，总面积千余平方米，设阅报室 1 间，阅览室 3 间（分为杂志、普通、儿童馆），女子 1 间，儿童阅览室 1 间，占地 7 亩。

民国二十六年（1937）1 月，将石梅游文书院至山堂旧址改建馆舍，9 间平房，有藏书库 4 间，办公室 2 间，馆长室 1 间，接待处 1 间，阅书处 1 间。后又借原游文书院旧屋修缮辟设阅报处、儿童阅览处、儿童图书室。

中华人民共和国成立后，1954 年在县南街 57 号建图书馆阅览室，增辟少儿阅览室，石梅原址改为古籍部。

1975 年，翻建县南街图书馆馆舍 1 幢三层楼，15 间，1985 年翻建县南街少儿阅览部，县南街图书馆馆舍 1938.35 平方米。

1985 年至 1987 年，在海虞南路建图书馆主体楼，总投资 110 万元，建筑面积 2734 平方米，占地 3730 平方米。至 1988 年，图书馆馆舍分为海虞南路图书馆主体楼、石梅古籍部、县南街少儿阅览部，总占地面积 7322.35 平方米，其中馆舍面积 4672.35 平方米，场地 2650 平方米。

2002 年至 2004 年，建成书院街新图书馆，占地 10000 平方米，建筑面积 11000 平方米，包括庭院和馆舍，其中地上建筑面积 9300 平方米，设图书借阅室、报刊阅览室、参考阅览室、古籍阅览室、少儿阅览室、电子阅览室等 10 余个服务窗口。至 2011 年，图书馆馆舍建筑面积 12128 平方米，业务用房面积 9000 平方米，其中书库面积 2191 平方米，阅览室 3045 平方米。另有位于西门大街 114 号的江南文化展示馆，建筑面积 1320 平方米。

中华人民共和国成立后，特别是改革开放以来常熟图书馆馆舍不断得到改善，成为国内县市图书馆之最。

2. 管理水平不断提高

常熟图书馆从创办起管理工作起点高，并不断提高管理水平。

常熟图书馆由著名藏书家丁祖荫、徐兆玮、瞿启甲等策划和创办，他们谙熟藏书措理之术，对公共图书馆的认识在当时也是颇为领先的。例如，丁祖荫在所撰《常熟图书馆藏书目录（近人译著）》中提出藏书楼与图书馆在藏书原则等方面的不同："夫图书馆之设，性质固与藏书楼绝异。藏书楼主在保存旧籍，藏之书不尽应读之书也。图书馆兼寓保存文献、启发知识之旨趣，故新旧籍当并采，不容有所偏倚。"徐兆玮撰《图书馆征书启》指出创设图书馆好处是"以学术公之于世，而不以自私，则东西各邦图书馆之制，洵无有善于此者矣"；公共图书馆聚书好处是"能收昌明国学，启发新知之效，功施一州一邑，而其泽广被天下"。[①] 瞿启甲

---

① 徐兆玮著：《徐兆玮日记》，稿本，常熟市图书馆藏；李向东等点校，《国家清史编纂委员会文献丛刊》本，黄山书社 2013 年 9 月版，第 1578 页。

拟定《常熟县立图书馆简章》四章三十一条，阐述设馆宗旨、经费由来，库藏图书制度、阅览章程以及职工守则，作为今后办事准则。有如此的办馆理念，所以从创办起常熟图书馆编印书目、日常管理等按章办理，规范管理。

中华人民共和国成立后，常熟图书馆1962年至1966年4月间修订完善规章制度，重订《常熟县图书馆阅览总则》12条、《个人外借规则》10条、《综合阅览室规则》8条、《参考阅览室规则》6条、《少年儿童阅览室规则》8条、《集体图书站借书规则》8条、《借书小组规则》9条、《机关团体参考资料出借规则》7条、《预约借书办法》6条、《邮寄外借规则》7条，制订《常熟县图书馆古籍部著录简则》72条等规定，并制成分类目录、书名目录、著者目录3套卡片目录。二十世纪七十年代末普查善本图书，并编制书目。二十世纪八十年代较早推广应用《中国图书馆图书分类法》。

1988年至1989年有19项工作制度，包括《常熟市图书馆各项工作规程》《常熟市图书馆考勤规定》《常熟市图书馆治安保卫工作承包责任制》《常熟市图书馆岗位责任考核制度》《常熟市图书馆办公室岗位责任制》《常熟市图书馆采编部岗位责任制和工作量定额标准》《常熟市图书馆阅览部岗位责任制》《常熟市图书馆少年儿童阅览部岗位责任制》《常熟市图书馆研究辅导部岗位责任制》《常熟市图书馆参考咨询部岗位责任制》《常熟市图书馆古籍部岗位责任制》《常熟市图书馆经营部职责范围》《常熟市图书馆复印室暂行规定》《常熟市图书馆保密工作制度》《常熟市图书馆爱国卫生规划》《常熟市图书馆关于加强为政清廉的若干规定》《常熟市图书馆古籍部工作规范》《常熟市图书馆古籍部要害部位用人的有关制度》《宿舍管理规则》。1990 年制订《常熟市图书馆制订廉政制度》《常熟市图书馆党政领导班子集体议事制度》。1991 年制订《安全节约用电规程》《食堂安全工作承包责任制》《内部治安综合治理承包书》。1999 年制订《财务管理制度》。常熟图书馆 2000 年起探索实施内部改革，实行聘用合同制等。

由于管理工作创特色，常熟图书馆先后承办全国《中图法》（第三版）使用经验交流会、改革开放 20年——中国图书馆事业高层论坛、国家历史文化名城图书馆馆长论坛、百县图书馆长论坛、中国图书馆学会年会、全民阅读推广峰会，等等。

3. 服务质量不断提升

常熟图书馆在创办之初就强化服务民众，收藏昌明国学、启发新知的读物图，加强阅览服务，编印书目宣传馆藏。中华人民共和国成立后，特别是改革开放以来常熟图书馆不断拓展服务领域，提升服务质量。

常熟图书馆在基层图书室建设方面，早在第二个五年间就探索加强对基层图书室的辅导，培育农村基层图书馆（室）。第三个五年间探索定时定点送书下乡，设立梅李、碧溪、支塘 、唐市、古里、练塘、谢桥、辛庄、杨园、虞山镇等 10 个图书交流站。二十世纪七十年代末，常熟图书馆抓基层图书室网片建设被江苏省图书馆视为典型。二十一世纪第一个五年，探索实施图书馆分馆及服务点建设，从 2002 年 1 月 10 日图书馆虞山分馆建立起，至 2014 年底，建成 21 个分馆、43 个图书馆流通点。常熟图书馆在构建公共文化服务体系中，推进总分馆制建设，服务能力、服务质量得到了进一步提升，被江苏省文化厅作为苏南地区唯一代表农家书屋纳入县级公共图书馆总分馆制试点地区。

常熟图书馆在信息服务方面，1985 年起拓展科技信息管理和服务工作，1987 年 5 月起开展对外参考咨询服务，"八五"至"九五"期间为常熟经济加速发展提供科技信息服务，1991 年，创办常熟市科技资料开发俱乐部。

常熟图书馆在数字图书馆建设方面，1996 年开始利用数字化设备开始建设数据库，同时，馆藏结构从单一的印刷型文献收藏向传统型文献和多种电子出版物文献兼藏的方向发展。二十一世纪第一个五年，探索数字资源共享建设。至 2007 年 5 月，常熟市 225 个行政村全面建成共享工程基层服务点，实现村村通、全覆盖，常熟市图书馆建成共享工程支中心。2011 年，启动村级"四位一体"全覆盖（图书室、农家书屋、文化共享工程、党远程教育），实现服务资源的有效整合与共享。

常熟图书馆在文献编研方面，先后编印《历代名人咏常熟》《常熟藏书印鉴录》《常熟图书馆古籍善本图录》《铁琴铜剑楼题咏》等，整理《徐兆玮日记》和常熟宝卷等。

常熟图书馆在古籍保护方面，十一世纪第二个五年开始，常熟市图书馆实施了古籍保护工程。2007 年 3 月，常熟市图书馆入选全国古籍重点保护单位，为全国唯一的县级公共图书馆。2008 年 6 月 12 日，常熟市古籍保护中心在常熟市图书馆挂牌成立。2009 年 1 月，常熟市图书馆被江苏省政府命名为第一批江苏省古籍重点保护单位。馆藏古籍 69 部列入《国家珍贵古籍名录》、97 部列入《江苏省古籍珍贵古籍名录》。

常熟图书馆在地方文献服务方面，2005 年 10 月 20 日，常熟图书馆地方文献阅览室对外开放。2009 年 11 月 28 日，设于老城区东门内文昌阁的常熟地方文献资料馆成立，成为图书馆地方文献阅览室读者服务的延伸。2011 年 5 月 22 日，江南文化展示馆开馆。

常熟图书馆在阅读推广方面，1988 年 1 月开始举办常熟市首届当代个人藏书"十佳"评选活动，传承常熟优秀藏书文化传统，营造藏书读书氛围，这在中国县市毫无疑问是实创。1996年10月又举办第二届个人藏书"十佳"评选活动，以后连续举办评选活动。近年来，常熟图书馆连续获评全民阅读先进单位。

常熟图书馆在文献资料展览方面，1990年3月起开展科技书刊展览。近年来，常熟图书馆更是充分利用图书馆展厅、报告厅等场馆开展展览工作。同时，开设市民课堂和讲堂，使之成为常熟普及科学文化教育的中心地。

后记——以史为鉴　继往开来

我们编纂《常熟图书馆史》目的是以史为鉴继往开来，我们力求从百年区域历史文化和中国公共图书馆背景上来展示常熟县立图书馆创办的特色，从百年各个时期和历史阶段国家和区域经济社会背景、文化发展和图书馆政策递变背景上勾勒常熟图书馆在各个时期和历史阶段的发展历程、成长足迹，着力总结概括常熟图书馆百年取得的成就，圈点常熟图书馆的创新实践与成功经验。

全书设为六章。第一章"图书馆创办"，概述常熟的藏书文化环境，展示常熟图书馆创办背景和创办经历。第二章"民国时期"，分别概述民国二十余年间的常熟图书馆、抗战八年间的常熟图书馆、新中国成立前夕的常熟图书馆的历史。第三章"新中国成立至1960年代初期",分别概述第一个五年间常熟图书馆的复苏,第二个五年间常熟图书馆的发展,第三个五年间常熟图书馆的调整。第四章"'文化大革命'时期",分别概述"文化大革命"前期常熟图书馆遭受破坏,"文化大革命"后期常熟图书馆艰难复馆。第五章"1970年代末至90年代",分别概述1970年代末、80年代、90年代常熟图书馆的发展历程。第六章"21世纪",分别概述"十五"期间、"十一五"期间及"十二五"期间常熟图书馆的发展概况。附录《馆藏善本书目》《入选〈国家珍贵古籍名录〉书目》《入选〈江苏省珍贵古籍名录〉书目》《馆藏家谱目录》《常熟区域其他单位藏古籍》《馆长及中共组织独立设置党支部负责人名录》《分馆一览表》《流通点一览表》,以及《参考文献》。全书还择用反映常熟图书馆百年史有价值的图片,以图辅史。

我们在《常熟图书馆史》的编纂中,自始至终得到中国图书馆学会副理事长、全国古籍保护工作专家委员会委员、中国阅读学研究会名誉会长、北京大学信息管理系博士生导师王余光教授和国家教育部图书馆学教学指导委员会委员、中国图书馆学会学术委员暨阅读推广委员会副主任、江苏省图书馆学会阅读与用户工作委员会主任、中国阅读学研究会会长、民革江苏省委副主任委员、南京大学信息管理系徐雁教授以及上海图书馆王宗义研究馆员、古吴轩出版社原副总编辑王稼句先生、苏州图书馆原馆长邱冠华先生等专家、学者的大力支持和帮助。初稿完成后，他们帮助审稿，提出了重要的修改意见，对完善书稿发挥了重要作用。王余光教授还为本书撰序，给予本书充分肯定。本书撰写也得到常熟图书馆历任多位馆长和馆员的支持和帮助，提供了丰富的馆史资料。

同时，我们欣喜地感受到，前人在常熟图书馆史方面积累了较为丰富的可用资料。例如，常熟图书馆的基础文献有瞿启甲编的《常熟图书馆藏书目录》，民国八年（1919）铅印本；王余光主编，范凡、王媛、张慧丽、王丽丽辑录的《清末民国图书馆史料汇编·常熟县图书馆报告册》，国家图书馆出版社 2014 年 3 月版；满铁上海事务所调查室撰，常熟市档案局编译的《江苏省常熟县农村实态调查报告书》，中共党史出版社 2006 年 12 月版。常熟图书馆馆史有常熟市图书馆编史小组编的《常熟市图书馆馆史》，常熟市图书馆 1984 年 10 月内部发行，铅印本；诸公异的《抗战时期的常熟图书馆》，见：政协常熟市委员会文史资料研究委员会：《文史资料辑存》第 2 辑，政协常熟市委员会文史资料研究委员会 1984 年 7 月重印版，第 149—150 页；倪迪初的《源远流长展新姿——常熟县图书馆小记》，《江苏图书馆工作》1980 年第 2 期，第 35—37 页；倪迪初的《常熟图书馆藏书史略》，见：常熟市政协文史委员会编：《常熟文史资料选辑》，上海社会科学院出版社 2009 年 12 月版，第 756—758 页；等等。这些都成为我们编纂《常熟图书馆史》的重要参考文献。

在此，向支持和帮助我们编纂《常熟图书馆史》的专家、学者和图书馆领导和馆员，以及本书参考文献的著者和编者一并表示衷心的感谢！书中存在的差错，恳请读者批评指正，以便及时修订。

2015 年 7 月 12 日

《苏州传统藏书文化研究》前言

《苏州传统藏书文化研究》（12BTQ028）2012 年 5 月 21 日批准，预期计划完成 30 万字专著。课题组按照项目研究计划在广泛搜集积累苏州藏书家的各类文献和广泛调研基础上实施课题研究，完成本项成果，弥补中国藏书文化典型区域苏州藏书文化研究没有一部较全面的研究专著之缺憾。

本项目以中国藏书文化、吴文化一个典型范例的文化样本来进行剖析研究，也即中国藏书文化、吴地区域藏书文化的定点研究，在吸收前人研究成果的基础上，依据第一手文献，拓展藏书文化研究的领域和研究方法，撰写研究苏州藏书文化的一部学术专著。

本项目主要内容是从多角度勾勒苏州藏书历史和展示苏州藏书文化的丰富内容，剖析苏州藏书在中国藏书史上的地位和影响，以及苏州藏书文化的特点和价值。主要研究自言偃开始，特别是唐、宋至当代的苏州私家藏书发展历程，苏州私家藏书文化精神内涵、私家藏书流派特点、典型藏书世家的传承、藏书文化遗产保护与利用等重要问题，揭示苏州藏书文化在中国藏书文化、吴文化中的特殊地位，探寻苏州私家藏书与苏州文化、学术、社会生活、地方经济之间的关系，研究苏州私家藏书文化的传承和服务当代中国特色社会主义建设诸问题。

本项目在研究方法上，注重广泛搜集积累苏州藏书家的各类文献，包括研究专著、论文和史料；注重历史和现存藏书楼的调查研究，注意收集没有公布过的其他第一手材料；注意从多学科、多领域研究藏书文化，如从文化世家入手，充分展示苏州藏书传播特征和文化精神，全面反映苏州藏书家在藏书、文学、书画艺术等方面的成就及藏书楼名宅文化，苏州传统藏书的措理之术与目录学、文献学等密不可分，苏州传统藏书文化涉及思想史、文化史、谱牒学等专门史，藏书楼名宅文化园林学等其他学科。

本项目从多角度勾勒苏州藏书历史和展示苏州藏书文化的丰富内容，主要从三方面切入：一是从藏书史切入研究苏州私家藏书发展历史，纵向勾勒苏州藏书发展历程，重点论述苏州唐、宋以来的苏州私家藏书；二是从藏书文化问题切入研究苏州私家藏书文化的若干重要课题。包括苏州藏书流派，私家藏书理论，藏书家刻书，藏书目录，私家藏书与文学艺术的关系，私家藏书与官府、书院、寺观藏书，苏州私家藏书与其他区域藏书比较，藏书楼名宅建筑文化，藏书文化遗产保护和利用等；三是从文化世家切入剖析苏州藏书世家，苏州多藏书世家，数代传承影响大，重点选择苏州历史上出现过的一批足以代表一个时代的藏书家和藏书楼进行个案研究，同时，以苏州藏书家传配合展示苏州历史上 840 位藏书家。

本项目着重表述以下主要观点：

（1）苏州私家藏书流派。苏州私家藏书源远流长，代有藏家，历代藏书家、藏书楼数量多，藏书质量高。言偃开启江南崇文藏书历史传统，汉魏南北朝至隋唐五代时期苏州多郡望藏书，宋元时期苏州成为藏书家聚集地，明代苏州私人藏书大发展。明末清初，随着中国文化中心不断向江南转移，苏州私人藏书在原有积聚基础上不断发展具有苏州特色的藏书文化元素，出现了以钱谦益为代表的具有辐射和影响力的私家藏书流派"常熟派"（或称"虞山派""苏州派"），苏州成为中国的私家藏书中心地。"常熟派"的主要特点是读书者之藏书、好古者之藏书、开放者之藏书、有识者之藏书，这一文化现象的产生，是与产生它的历史文化环境相关联的，因而苏州区域藏书开放、勤奋、精致、创新的人文精神，与浙东地区等区域藏书在收藏志趣、收藏内容、藏用原则等方面有着不同的特点。

（2）苏州私家藏书理论。苏州藏书家在长期的藏书实践中，不断总结提炼出私家藏书理论，用以指导和规范藏书活动，提升私家藏书文化品位。苏州藏书家以其藏书理论奠定了苏州私家藏书在中国藏书史上的地位。苏州藏书家的藏书理论，有"常熟派"藏书理论的代表作孙从添的《藏书纪要》、中国历史藏书研究发轫之作叶昌炽的《藏书纪事诗》，苏州藏书家的藏书理论还大量见于藏书家的藏书目录、藏书题跋及其藏书专题文章中。

（3）苏州私家藏书世家。苏州私家藏书以多藏书世家为一大特色。苏州藏书世家是维系苏州藏书世传不辍的纽带，苏州藏书家们大多世传家学，代增藏书，宗族、家族藏书越聚越多。族姓、家庭内部的文化传统、家学渊源，使藏书纵向传递；族姓外部异姓间联姻、师承、结友等关系，使藏书横向联络，纵横交错的传书网，环环紧扣。因此，藏书流派愈接愈盛，藏书家们所藏之书往往此散彼聚，在一定的区域范围内保留相当独特的格局。言偃为中国南方最早的藏书家和文化传播者，言氏家族传承言子文学传统已 80 余世。文徵明主中吴风雅之盟三十余年，影响苏州周围的书画藏鉴及明后期的书画鉴藏。从赵氏脉望馆到旧山楼递藏惊人秘籍，赵氏藏书历经十余世。当时大江南北藏书之富推钱谦益绛云楼为第一，钱曾藏书目著录 3800 余种超过《四库全书》收书数。毛晋是全国乃至世界一流水平的私人刻书家，毛氏藏书84000册，汲古阁抄刻之书风行天下，在出版史上罕见。席氏藏书世家是苏州刻书业的代表，席氏刻书经历了250多年，也为中国刻书史上的奇迹。黄丕烈以其丰富的藏书和在版本学、校勘学、目录学领域独到的思想与实践，使清中期乾隆、嘉庆间的收藏界呈现以苏州黄丕烈藏书为中心的"百宋一廛"时期。张氏藏书历500余年二十二世，张海鹏的借月山房刻书和张金吾的爱日精庐藏书在中国藏书史上具有重要地位。瞿氏藏书经六代递藏，铁琴铜剑楼为清后期四大藏书楼之一。翁氏藏书历时400多年10多代，是罕见的藏书世家。顾氏过云楼传藏超过六代，有"江南收藏甲天下，过云楼收藏甲江南"之誉。

（4）苏州私家藏书刻书。苏州藏书家刻书、抄书蔚然成风，特色明显。特别是，清中期及以后苏州藏书名家以写刻精致、纸墨考究著称的"精刻本"和以校勘精审、摹影追古著称的"精校本"著称于世。苏州藏书家辑撰丛书多精本，内容多唐诗、小说、家族文献、师友著作、藏书精品、乡邦文献等。苏州藏书家重视收藏抄本，喜欢抄校书，世传精抄以苏州藏书家所传为主。苏州进入近代，藏书家刻书传统相传不辍，且苏州又因邻近上海更得风气之先，当时的一批藏书和出版家紧紧跟随潮流，纷纷从事编辑出版活动，较早将媒体与读书创作结合，引发传媒体作品的大量涌现和近代以来读书风气不辍。

（5）苏州私家藏书目录。苏州藏书家编制的藏书目录无论在编制时间、目录数量，还是在目录体制、著录方式等编制质量上都可称道，在中国藏书史、目录学史上有着重要的地位和影响。赵琦美的《脉望馆书目》开近世著录残宋元本先例；钱谦益的《绛云楼书目》分类较细，对当代文献单独著录以及在一些类目的设置上对后人颇有影响；钱曾的《也是园书目》《述古堂书目》《述古堂宋元本目录》和《读书敏求记》，分别从体制上创立了普通书目、善本书目和题跋目录的格式。毛扆的《汲古阁珍藏秘本书目》是最早的完整意义的善本书目；黄丕烈编《百宋一廛书录》《百宋一廛赋注》《求古居宋本书目》《所见古录》发展了目录学中版本目录一派；张金吾的《爱日精庐藏书志》创制了藏书志这种目录新体制；瞿镛的《铁琴铜剑楼藏书目录》体例创新，读一书而可得数书的功用。

（6）苏州私家藏书与文学、艺术关系。苏州私家藏书与繁荣的苏州文学、艺术关系紧密，苏州藏书家通过收藏珍贵典籍、汇集乡邦文献、辑刊文学艺术著作、编纂书目史料等直接影响文学艺术创作，同时，苏州藏书家多全能型人才，他们利用藏书著述，造就博学多艺，从事文学创作，在学术文化诸多领域作出了卓越成就，繁荣文学艺术创作。

（7）苏州私家藏书与其他藏书系统关系。苏州的官府、书院、寺观藏书很有特色和影响，而苏州私家藏书是官府、书院、寺观藏书的重要支撑和主要书源。近现代公共图书馆发展的同时，藏书传统仍为当代人苏州继承和发扬，而苏州私家藏书为公共图书馆的建立营造了良好的书香环境，输送了珍贵的书籍资源，提供了丰富的管理知识。

（8）苏州私家藏书楼。苏州本以私家园林著称，而苏州藏书家特别讲究精致细腻，在精心营建私家园林式藏书楼方面达到极致，将居名建筑、文人藏书、园林造景有机结合，作园林化处理。无书缺雅，苏州私家园林大多设有藏书楼，将藏书楼作为园林的组成部分。苏州许多著名藏书楼实为一座座别具一格的私人园林，而苏州传世大大小小的私家园林，大多曾为藏书家的故居和藏书楼。苏州藏书家的许多藏书楼成为区域学术文化中心，藏书家们以藏书楼会友，在一起雅集倡和，或讲学交流、编目著述、鉴赏藏品等。

（9）苏州传统藏书文化保护与利用。苏州作为明清以来中国的私家藏书中心，曾经有全国一流水准的藏书家和藏书楼，而苏州现存的藏书楼已屈指可数，迫切需要保护藏书楼文化遗产，弘扬藏书文化，促进优秀文化的传承与发展。脉望馆、铁琴铜剑楼、翁同龢纪念馆、过云楼等的保护和利用说明藏书文化遗产保护并为当今社会合理利用能够实现。推进藏书文化遗产保护、传承与利用，传承优秀藏书文化，对于当今建设学习型家庭、社区和城市具有重要意义。因此，全社会要大力宣传并确立藏书文化遗产保护与利用的科学理念，全面开展藏书文化遗产的普查和保护工作，建议整合资源将苏州藏书楼文化申报世界文化遗产，要对现存藏书楼实行统一管理和有效保护，采取切实有效措施科学保护现存藏书楼，加强投入重点保护现存重要的藏书楼，充分发挥现代技术在藏书文化遗产保护、传承与发展的重要作用。

本项目旨在多角度展示苏州藏书在中国传统藏书史上的典型意义，在"苏州藏书概论"部分，补充以往苏州藏书研究的不足，研究苏州私家藏书文化的若干重要课题，着重勾勒苏州私家藏书历史，剖析苏州藏书文化的丰富内涵；在"苏州藏书世家"部分，重点剖析苏州藏书世家16家个案；在"苏州藏书家传"部分，梳理苏州地方志等其他文献所载常熟、吴县、长洲、元和、昆山、太仓、吴江先秦至清末的839位藏书家（含流寓），与"苏州藏书概论"、"苏州藏书世家"相为补充。

本项目成果作为苏州藏书文化的第一部学术专著，论及苏州藏书文化诸多学术问题，有其学术价值。成果的应用价值是展示苏州藏书文化，不仅为挖掘和整理历史文化遗产，更重要的是意在有利于推进藏书文化遗产

的保护和利用，为学习型社会建设和中国特色社会主义
建设服务。

　　全书正文中以脚注形式详注参考文献，全书末再附
主要参考文献。

《江苏出版史·清代卷》序、跋

序

　　江苏物产富庶，人文荟萃，是中国经济、文化最发达地区之一。作为中国经济开发较早的省份之一，多朝政治中心南京是中国南方经济、政治、文化中心，大运河开凿后的扬州是东南财赋、漕运、盐铁转运枢纽，明代中叶以来苏州成为中国资本主义萌芽发祥地区之一，晚清开埠后的上海从海滨县城渐渐发展成为中国对外贸易中心。江苏特殊的地区优势、经济地位和政治影响，确立了清代江苏为中国的文化大省和中国出版中心地的地位。

　　清代江苏官府、私刻、书坊三个系统并驾齐驱，各有特色。清政府在江苏区域实施的编撰出版活动，如康熙二十九年（1690）至康熙三十三年（1694）四月徐乾学奉命在苏州洞庭东山设书局修纂《大清一统志》，康熙四十四年（1705）曹寅奉旨在扬州创办扬州诗局校刻《全唐诗》，康熙五十一年（1712）至五十二年曹寅、李煦、孙文成等奉旨于扬州书局刊刻《佩文韵府》，嘉庆二十三年（1818）阿克当阿奉旨在扬州刻成《全唐文》等，从一个方面反映江苏在全国的出版水平。江苏官刻地方志品种多，门类全，列全国之冠。江苏设立的官书局江南书局等也较早，所刻《隋书》等书校勘精当，超过殿本。由于江苏书院的名师多，编书、著书、刻书质量甚高，作为官府刻书的重要组成部分的江苏书院刻书的"书院本"图书如南菁书院所刻《皇清经解续编》《南菁丛书》等也以校勘严谨、质地精良而著称。

清代江苏的寺观藏书刻书在我国古代藏书史、印刷史、翻译史以及教育史、学术思想史、文化交流史上具有重要的地位。江苏有经书出版机构金陵刻经处、扬州江北刻经处、无锡万松院恒记经房等，清末镇江金山寺僧宗仰主持编印的《频伽精舍校刊大藏经》为我国近代出版的第一部铅印本《大藏经》。清代江苏著名道士、道姑刊藏与著述也颇丰。

中国私家藏书，属于综合性的学术文化活动，藏书、读书、著书、抄书、著书、刻书，是古代文人生活的重要组成部分。江苏私家藏书历史悠久，清代私家藏书几乎为江苏、浙江所独占，又主要集中在江南地区，藏书刻书自为一方风气，以多藏书世家为一大特色。如昆山叶氏藏书世家自明叶春始，其子叶盛菉竹堂藏书始数代递藏，传至清初又有所发展。苏州文氏藏书世家影响明以来苏州周围的书画藏鉴，其书画藏鉴传统至清代不断。常熟赵氏藏书世家从赵承谦起，经赵用贤父子至赵宗建，赵氏藏书历经十余世，这在中国历史上罕见。常熟钱氏藏书世家，曾推为江南第一家。当时大江南北藏书之富推钱谦益绛云楼为第一，钱谦益又是常熟藏书流派的代表，钱谦益、柳如是为夫妇藏书家。钱曾得绛云楼焚余之书，其书目著录 3800 余种，超过《四库全书》收书数。昆山徐氏藏书世家一门三鼎甲，论才宇内原无双，藏书在当时有甲天下的美称。晚清以来，黄丕烈素有"乾嘉以来藏书之大宗"、"目录学之盟主"、"版本学之泰斗"之誉。黄氏以其丰富的藏书和在版本学、校勘学、目录学领域独到的思想与实践，使清中期乾隆、嘉庆间的收藏界呈现以苏州黄丕烈藏书为中心的"百宋一廛"时期。汪士钟的艺芸书舍得黄丕烈藏书及乾嘉"四大藏书家"顾之逵小读书堆、袁廷梼五研楼、周锡瓒香严书屋部分藏书，成当时私藏之最。常熟陈氏藏书世家陈揆稽瑞楼藏书 10 余万卷，所藏以旧抄本、名人校本著称于世。常熟瞿氏铁琴铜剑楼与山东聊城杨氏海源阁、浙江钱塘丁氏八千卷楼、浙江归安陆氏丽宋楼合称为清代后期四大著名藏书楼，又有"南瞿北杨"的美称。瞿氏藏书以求精、重用见长，历经瞿进思、瞿绍基，瞿镛，瞿秉渊、瞿秉清，瞿启甲，瞿济苍、瞿旭初、瞿凤起等递藏。常熟翁氏藏书被列为明清九大藏书之一，从翁氏七世祖翁应祥兄弟起，翁氏藏书历时400多年10多代，是罕见的藏书世家。苏州顾氏过云楼自道光以来传藏超过六代，多书画、古籍珍品，有"江南收藏甲天下，过云楼收藏甲江南"之誉。吴县潘氏藏书鉴藏世家，从清乾隆中叶以来，科第昌盛，人才辈出，代有藏书，大家辈出，尤其潘祖荫藏书最为著名。特别是，明末清初以来，江苏出现了毛氏汲古阁、席氏扫叶山房、张氏借月山房等在中国出版史上有重大影响的私人出版家。

清代坊刻兴盛，刻书数量很大，江苏的南京、苏州、扬州又是书坊主要集中地区。坊刻版本虽不如官刻、家刻精美，但营销有方，在便民和繁荣市场、普及文化方面发挥了重要作用。

清代江苏各类出版物丰富，尤其是在丛书、总集、别集、报刊、翻译图书、科技图书、宗教图书、少数民族图书等的出版方面领先全国。

清代江苏在出版印刷技术方面，官刻动员一起财力、物力、人力，将古代出版技术推向极致，扬州诗局本反映出当时扬州写样、雕印艺人的高度技术水平和相当规模的生产能力。晚清江苏金陵、聚珍、江苏、淮南四家官书局所刻书也体现出江苏的出版水准。江苏大量的家刻以精校著称，坊刻以市场为导向，在出版技术的广泛应用和普及上作用甚大，版刻内容与工艺精致方面也多有亮点。江苏学者的精美写本不仅以学术性因素传世，而且在传抄形式和技术上多有创新。上海开埠后，江苏最早领风气之先，使用现代出版技术，特别是报刊业形成现代新的出版业态。

江苏清代出版物的经营、流通也在全国领先，江苏又是清代出版物对外交流的重要窗口。书目丰富多彩，尤其是藏书家的书目和题跋详细著录藏书、刻书情况，在中国目录学史上有重要地位。

跋

以史为鉴，明兴替。经济、社会文化与书业兴替密切相关，清代江苏出版业的全面繁荣是这一时期经济社会和文化发展的必然结果。经济基础决定上层建筑，社会生活决定文化出版事业的发展，这是我们研究文化出版事业的基本原理。同时，文化事业的发展有其自身发展的规律，即其自身的传承性和相对的独立性。所以，也就不难理解为什么清军进军江南发生扬州十日等攻城屠戮痛史，南京政治中心转移，而江苏出版业仍能在传承前代文化基础上得以发展。千百年来出版文明滋养的民间文化是中华民族文化精神的支撑，是真正推动出版业发展繁荣的不竭源泉。

一部清代江苏出版史，展示了人与书的故事。养育读书人口，书业方能永续。江苏民间耕读传家早成风尚，并深深地影响着中国的乡村社会。[①]中华民族有着崇拜优秀文化典籍的好传统，正如清代常熟孙从添在《藏书纪要》中所述："书籍者，天下之至宝也。人心之善恶，世道之得失，莫不辨于是焉。天下惟读书之人而后能修身，而后能治国也。是书者，又人身中之至宝也。"[②]孙从添把读书与修身、治国紧密联系起来，让人们从这样的高度来认识敬惜书籍、热爱读书的重要性。读书种子不绝，读书人口不断发展壮大，这是清代江苏民间藏书、刻书持续兴盛的重要因素。确实，随着人的素质逐步提高，一方面在提升物质生产水平的同时精神产品的生产也就越来越丰富多彩；另一方面必然对物质文化和精神产品的要求也愈越提高。

江苏处于楚汉文化、吴文化、金陵文化、淮扬文化"四主区"和京口文化、淮安文化、江海文化、海盐文化"四亚区"，特别是传承吴文化的精致特征，清代江苏的出版物特别讲究精细雅致，各类出版物精品甚多。特别是，清代江苏涌现出过许多著名的政治家、思想家、军事家、文学艺术家、工商企业家、自然科学

---

① 徐雁：《"耕读传家"：一种经典观念的民间传统》，《江海学刊》2003 年第 2 期，第 154—161 页。

② 孙从添：《藏书纪要》，见祁承爜等：《藏书记》，广陵书社2010 年 8 月版，第 39—40 页。

家，成果享誉全国。清代江苏出现的各种学术流派，不仅丰富了各类著述，而且在理念、方法、技术等许多方面深深地影响清代江苏乃至整个中国的学术界和出版业。例如，清顺治至康熙年间昆山顾炎武的朴学学派，形成于昆山、太仓、常熟，逐渐发展至苏州、镇江、南京等江苏南部地区，又发展到江苏北部、浙江一带，最后发展到黄河流域各省，下启乾嘉之学，学术影响遍及全国。朴学学风给出版业带来的是实事求是的新风气，几乎为清代所有学者所接受。康熙初年至康熙末年淮安阎若璩学派，以历史考据，尤其是历史地理考据见长，该学派形成于淮安，渐渐扩展至江苏南部、浙江、山东、北京等地，学术影响遍及全国，清政府在江苏的编撰活动成果之一苏州洞庭东山书局修纂的《大清一统志》等就包含该学派的成果。雍正初年至嘉庆年间以惠栋、王鸣盛、钱大昕等为代表的苏州（吴）学派，又称乾嘉学派，作为清代朴学的重要流派之一，以苏州地区为活动中心，影响遍及全国。该学派在音韵训诂、金石学、典章制度、氏族年谱、民族学以及地理沿革、历法天算等诸多学科均有突出成就，作为乾嘉考据学又直接影响江苏及全国的出版物学术质量。乾隆至光绪年间以王念孙、焦循、阮元、刘宝楠、刘文淇等为代表的扬州学派，作为乾嘉学派中的一个重要流派，形成于扬州，后发展至浙江、江西、广东、北京等地，学术影响遍及全国。该学派是清代学术的最高峰，在各个方面都取得了突出的成就，尤其是在辨伪、校勘、辑佚和编书、刻书、藏书方面直接影响江苏及全国的出版业。阮元所刻《十三经注疏》附《校勘记》《皇清经解》等，代表清代经学研究和清刻较高的水平。道光至同治年间以庄存与、刘逢禄、宋翔凤、魏源、龚自珍等为代表常州（阳湖）学派，孕育形成于常州，渐渐发展至北京、扬州等地，学术影响遍及全国。该学派提倡"通经致用"，在多方面有突出的学术成就，并启发后来的变法思想，同时也影响出版业。

以史为鉴，知未来。一部清代江苏出版史，给我们的启示良多。人与书，读物创作者、读者、出版者，互为依存，而人品决定书品，无论是读物的创作者，还是读物的出版者，传承文化的使命感和责任意识至关重要。毛晋缩衣节食，惶惶然以刊书为急务，不一味以营利为目的，而以高度的社会责任感，注重选本和校勘。张海鹏一生拳拳于流传古书，以剞劂古书为己任，提出"藏书不如读书，读书不如刻书，读书只以为己，刻书可以泽人。上以寿作者之精神，下以惠后来之沾溉。"① 有了这种高度的使命感和责任意识，读物的创作者、出

---

① 黄廷鉴：《朝议大夫张君行状》，《第六弦谿文六钞》卷四，清光绪十年（1884）虞山鲍氏《后知不足斋丛书》本。

版者必然多出精品，以功在当时，惠及千秋。确实，清代江苏优秀出版文化遗产可以传承和弘扬的很多。

历代世上读物浩如烟海，而真正能够传世的读物唯有精品，才能让人世世代代诵读，让人永远感恩优秀的作者和出版传播者，例如众多的江苏清刻精品就是。所以，从历史角度和长远利益看，凡是成功的出版者总是顾及社会效益，以传承文化，惠及读者为重，同时得到自身可持续发展的双赢效果。汲古阁刻书数量多、影响大、流传广，扫叶山房刻书历经250多年，均不只是追求经济利益的结果。

出版技术日新月异，读物载体丰富多样，以创新求得出版业发展，近代江苏就是广泛使用新的出版技术带来新的出版业态。

出版物经营、流通、交流采用任何方式和方法，关键还在于出版物与时俱进崇尚精品，满足读者多样化的需求，而引领文化、引导阅读不可或缺，清代江苏众多优秀书目发挥的重要作用就是明证。

全面系统地总结江苏清代出版史，作为中国出版史学史的区域研究部分，尚待深入研究的问题很多，本书仅仅是这方面初步的探索成果，以期抛砖引玉。